天才ひよどりばな先生の推しごと！

～アクティブすぎる文芸部で
小生意気な後輩に
俺の処女作が奪われそう～

Hiroki Iwata
岩田洋季
illustration.
ねここぶし

第一章　焦がれ続けた超超超大ファンから

1.

　その天才少女が空木樹《うつぎいつき》の前に現れたのは、始業式のあった週の金曜日だった。

　新学期がはじまって即日でなかったのは、たぶん、タイミングを窺《うかが》っていたのだろう。あとになって考えれば、一度や二度は空木《うつぎ》を覗《のぞ》き見て、勇気を出し切れないということもあったにちがいない。

　ただ、そのときにはそんな気配を微塵《みじん》も感じさせなかった。

　昼休み。

「空木《うつぎ》樹《いつき》。あなたの小説って、ほんとにつまらないよね」

　学生食堂のテラス席。

　気づけば、知らない少女が山かけそばの載ったトレイを手に、空木《うつぎ》たちのテーブルの近くに立っていた。不敵な笑みを浮かべて空木《うつぎ》を見つめている。

空木《うつぎ》の親友である綾目《あやめ》修二《しゅうじ》の口が、驚きで開《ひら》きっぱなしになっていた。

当然だ。少女の台詞《せりふ》はふつう、初対面の相手に向けるものではなかった。

空木《うつぎ》が目をぱちくりさせる前で、少女はおなじテーブルにトレイを置く。隣から引っ張ってきた椅子に腰かけ、ぺらぺらと続けてきた。

「不躾《ぶしつけ》で悪いけど。わたしね、あなたが文芸部の部誌に掲載してきた短編も、ネット上に公開してる連載小説やほかの短編も、ひと通り読んだんだ。そりゃもう、ひっどい出来だったよ。エンタメ的フィクションのくせに読者の目をいっさい考慮してなくて、作者のお気持ちを好き勝手に書き散らしてるだけ。……でも」

容赦ないネットレビューかと思うような、文句なしの悪口である。

綾目《あやめ》が視線をちらりと送ってきたのは、さすがに空木《うつぎ》が気分を害してないか心配したのか。

だが空木《うつぎ》は苛立《いらだ》ってはいなかった。

小説をつまらないと言われても反論はないし、それ以上に、こんな批判だけをわざわざ面と向かって言いにくるわけがないからだ。

だれだ、こいつ、と首を傾《かし》げる。藤袴《ふじばかま》桐子《とうこ》——ミーハーなところのあるひとつ年上の幼なじみが、先日、興奮ぎみに語っていた噂話《うわさばなし》を思い出した。

高校部の一年生、空木《うつぎ》の一個下にね、外部生としてとんでもない子が入学したの知ってる？

わざわと揺れる気がする。

「人はただの出来事の羅列、乏しい起伏、つながりのないシーンの連続には夢中にならない。物語の面白さにはある程度のセオリーがある、ってことよ。ねえ、わたしがあなたに持ちかけてるのはこういう話——」

小柄で、華奢《きゃしゃ》ではないものの細身ではあって、全体的に幼さが残る印象。そのわりにはやや低めにざらついた声も、耳に心地良かった。

「わたしとあなたなら、できると思ってる。いっしょにこの世界を揺らすの。わたしたちふたりで、数々の天才たちをぶっ飛ばしてやるんだ。わたしがあなたをプロ作家デビューまで導いてあげる」

「……プロ作家」

「そう！　あなたもずっと小説なんて書いてるんだから、それでごはんを食べていくと考えたら胸が躍るでしょ？　楽な道じゃないよ。けど、地獄を歩み続けた先でしか見られない創作の深遠はある。どう？　興味ある？」

ばちん、と。

予兆が、脳細胞が火花を散らす衝撃に変わった。

いつ以来だろうか？

空木《うつぎ》は久しぶりの感覚に昂揚《こうよう》した。これまでも何度も、何度も何度も、この経験がある。新たな出来事を体験したとき、知らない感情を自覚したとき、アイデアが閃《ひらめ》いたとき、頭のなかでつながっていなかったものがつながったとき。

興奮とともに、周囲の色合いがまたひとつ塗り替えられる感覚がある。

それは少なくとも、昨年の夏からは感じにくくなっていたはずのものだ。

これはなんだか面白いことになる。そんな強い予感があったし、空木《うつぎ》はそれだけは間違ったことがなかった。

「空木《うつぎ》……」

綾目《あやめ》が空木《うつぎ》の心境を探るような声をかけてくる。空木《うつぎ》は、大丈夫だよ、という意味を込め、軽く手のひらを向けた。

いつしか、テラスにいる生徒たちにも注目されている。空木《うつぎ》もこの私立ＡＩＡ中学高等学校内にかぎっては有名人だ。その空木《うつぎ》に、話題の外部入学生が絡《から》んでいるわけだから、さもありなん。だが空木《うつぎ》は人目を気にするタイプではまったくない。

純粋にわくわくしながら、心の底から答えた。

「興味ないよ」

少女は理解できなかったらしい。

小首を傾《かし》げてくる。

「…………、……………ん？」

空木《うつぎ》はわかりやすく、念入りに、ゆっくり区切って言った。

「ぜんっぜん、一ミリたりとも、いっさいがっさい興味ないです」

「……えっ、と……、一ミリも、……興味……」

「その話よりは、魚の切り身を味噌《みそ》漬けにするときは味噌《みそ》を直接塗らずにキッチンペーパー越しにすると焦げづらくて良い、って知識のほうが興味あるかな。びっくりするよ？　ペーパー越しでもばっちり漬かってるから」

「……………ええっと、味噌《みそ》漬け……。……あの、プロ作家よ？　本屋さんに自分の本が、……あれ？　……………。…………なんでよ‼」

ばんっ、と響いたのは、少女が悲鳴とともにテーブルをたたいた音だ。空木《うつぎ》はくすりとして、すでに食べ終わった食器のトレイを片手で持って、立ちあがった。

行こっか、と綾目《あやめ》に声をかけ、涙目で愕然《がくぜん》とする少女の横を通りすぎる。

そのときも、チワワのようにぷるぷる震える姿を、正直に言って可愛《かわい》いと思った。同時に、これでもきっと終わらない、との直感が空木《うつぎ》の気持ちを弾ませた。

より期待させられた。空木《うつぎ》はこの少女に対してなぜそのように思ったのか、自分でも説明できない。

夢と自信に満ち満ちた、少女のまなざしのせいなのかもしれなかった。

……あ、そうだ、と思い出す。

藤袴《ふじばかま》が語っていた、少女の名前。

鵯　華千夏《ひよどりばなちなつ》。

ひよどりばな、ちなつ。

エンタメ文芸界の女帝・鵯　華雪子《ひよどりばなせつこ》と、劇団『リゲル』主宰でもある俳優・紫苑雄太郎《しおんゆうたろう》のあいだに生まれた次女であり、そして――。

空木《うつぎ》は幼少期から、変わってる、と言われてきた。

空木《うつぎ》のことをよく知らない連中から、批判的な文脈でそう噂《うわさ》されるのは日常茶飯事だ。それどころか、親しい者たちから直接明言されるのも珍しくない。

例えば今年の二月上旬、数センチ程度の積雪があった朝。

いっしょに登校していた藤袴《ふじばかま》がふいに言った。

「あたしねぇ、雪を見ると小学二年のとき空木《うつぎ》から聞いた、給食時間のエピソードを思い出すんだ」

藤袴《ふじばかま》は寒がりなので、スカートの下にはズボンかと思うような分厚いレギンスを穿《は》いているし、口許《くちもと》までマフラーでぐるぐる巻きだった。

空木《うつぎ》はちょっと考えてから答えた。

「担任から、俺の近くで騒いでた連中といっしょくたに注意された話？」

「そうそう。空木《うつぎ》は騒いでなかったから謝らなくて、そしたら吹きさらしの廊下に出されて、床に給食のトレイを置かれて、ここで食え、と怒鳴られたやつ。真冬に」

藤袴《ふじばかま》の吐息がマフラーにぶつかって砕け、ウェリントンの眼鏡を曇らせた。

「しかも担任、暖房の利いた教室から顔だけ覗《のぞ》かせて、美味《うま》いか？　と訊《き》いてきたって。……いま改めて口に出してもえぐいなぁ。訴えるとこ訴えたら問題になってたんじゃない？　下手すると橘《たちばな》先生よりクズなんじゃ、……まあ、それはないか」

空木《うつぎ》は笑った。

「俺はぜんぜん嫌じゃなかったよ。雪見給食」

「だから、あたしが言いたいのはそういうことなんだよう。その話を最初に聞いたときも、あたしは先生に対して怒ったけど、空木《うつぎ》はいまとおんなじ笑い方して言ったの。吹きさらしの廊下で、雪を見ながら給食なんてはじめてで面白かった、先生にもそう答えたよ——ってさ。……ほんとさあ、空木《うつぎ》はさあ——……」

積雪が朝陽《あさひ》を照り返していた。それがまばゆかったのだろうか、藤袴《ふじばかま》は目を細めて言葉を中断した。空木《うつぎ》は雪の上に猫の足跡を見つけて、笑みを深めた。

雪が多い土地ではないので、雪が積もるとそれだけで楽しい。空木《うつぎ》は道沿いのユキヤナギの葉を揺さぶって、雪を落として遊んで、藤袴《ふじばかま》を振り返った。

「俺はほんと、なに？　藤袴《ふじばかま》」

「――……子供のころからずっとずっと変な奴《やつ》だよねえ！」

ただし空木《うつぎ》に自覚は露ほどもないのだった。

変わり者扱いを心外に思うときさえあるのだ。空木《うつぎ》は自らやりたいと感じたことだけをやっていたい人間ではある。それは自他ともに認めている。

つまらないことを他人からの指示で行う、そんなのは耐えられない。なぜ、と言われても困る。そうだからそうだとしか言いようがない。

しかしそんなのだれだっておなじだろう、と空木《うつぎ》は思う。

街に積もった雪で言うならば、何十人に踏まれたあげくべしゃべしゃになったりつるつるになったりした道を歩くより、ふわふわの雪に真新しい足跡を刻んでいったほうが面白いに決まっている。

やりたくて、やった。

それだけだ。

小学三年、ナイフとランタンを鞄《かばん》に詰め込んで近所の川の水源地を目指したのもそうだし、ＡＩＡ学園の中学部に入学して、孤立する綾目《あやめ》の後頭部に〝遊ぼうぜ〟のメッセージと連絡先

をメモした紙飛行機をぶつけたのもそうだ。

中学一年の三学期、当時の高校三年生たちの卒業によって来年度から文芸部の部員がゼロになると気づいて、なら自分好みの部にしても文句が出ないじゃん！　と閃《ひらめ》いたのもそう。校舎裏で同級生がいじめられているのを見つけて、二階の窓から、いじめっ子の上級生たちにバケツの水をぶっかけたのもそう。

魔改造済みの新生文芸部、通称〝超・文芸部〟として、全校清掃の時間、放送室を乗っ取ってコメディのBGMを流してやって、校内に爆笑の渦を巻き起こしたのもそう。これも部活として、肝試しスポットとして有名な廃墟《はいきょ》でカップラーメンを食べて、大人に見つかってめちゃくちゃ怒られたのも。

日々を面白がる一瞬一瞬、空木《うつぎ》は脳細胞が発火する刺激に撃たれる。そうしてその楽しさを主人公の感情として、情景描写として、とあるシーンの雰囲気として、もしくは全体を通してのモチーフとして、小説という形に落とし込む。

それがまた、空木《うつぎ》の頭に楽しさの火花を連鎖させていく。

……大好きな祖母が亡《な》くなるまでは、ずっと途切れることはなかったのだ。

空木《うつぎ》がはじめて小説じみたものを書いたのは、祖母とのやり取りがきっかけだ。

小学三年生のとき。

「お祖母《ばあ》ちゃんはどうして、俺があれこれするのを嫌がらないの？」

いっしょに住んでいた父方の祖母である。風に乗って金木犀《きんもくせい》の香りがしていたから、秋だったろう。空木《うつぎ》は家の庭で、リンゴを丸かじりしながら、虫かごのなかのショウリョウバッタを観察していた。ちょうど百匹。

ぎっちぎちだ。

近所の緑道で百匹捕獲チャレンジをして、数時間の格闘の末に意気揚々と帰宅したら、母に過去最大級の悲鳴をあげられたのだった。早く外に逃がして早くマジでマジで庭じゃなくて元いたところにいぃ！　と。

で、逃がす前に観察しようと庭に出たのだ。母は、ひえぇー……といった顔で、様子を窺《うかが》おうともしなかった。代わりに祖母がおおきな掃き出し窓を開けっぱなしにし、床に座って、見守ってくれた。

「樹《いっき》ちゃん、どういう意味で言ってる？」

祖母が首をひねった雰囲気を感じたので、空木《うつぎ》はリビングを振り返った。

「だってさ、お母さんもお父さんも俺がそのうちでっかいぽかやらかすんじゃないかみたいに冷や冷やしてるでしょ」

「まあ、樹《いっき》ちゃんが保育園のころお友達引き連れて勝手に外に出て、空き地でたんぽぽの綿毛飛ばし大会やってたっていう、大事件のトラウマがあるからね……」

「ちゃんと、アホなことしない奴《やつ》だけ選んでたんだけどなぁ。だけどお祖母《ばあ》ちゃんは、お母さんお父さんとちがって、俺がなにかやろうとしても、実際にやっても、いっつもにこにこしてる」

「お祖母《ばあ》ちゃんは、樹《いつき》ちゃんが好きなことをやってると幸せな気持ちになるからね」

そのときの空木《うつぎ》には祖母の話の意味が、実感としてはわからなかった。

「……俺が好きだから？」

空木《うつぎ》の問いかけに祖母はくすくす笑う。

「もちろんそうよ。わたしはこれまでも、これからも樹《いつき》ちゃんが大好き。こんな可愛《かわい》い孫に恵まれたなんて信じられないくらい。でもそれだけじゃない。樹《いつき》ちゃんは自由だなあ、と思えるからでもあるの」

「自由って、いまはみんなそうじゃん」

「そうでもないのよ。特に大人になればなるほど、ううん、こんな言い方は子供を見くびってるみたいで良くないか。子供だっておなじ。だれだって、なにかをやりたいと思ってもやれないことだらけなの」

「そう？　そんなことなくない？」

「友達がだれも行ってない場所で探検ごっこしたい、……けど怖い。テストで百点満点取りたい、……けど勉強は嫌い。両親にごはんを作ってあげたい、……けどどうすればいいかわからない。かけっこで一等賞を取りたい、……けど速く走れない。好きな子と遊びたい、……けどこっぴどく振られるかもしれない」

「俺も学校のテスト百点じゃないこともふつうにあるし、五十メートル走で俺より速い奴《やつ》だって学年に何人もいるよ。絵、苦手だし」

「絵だけは、……そうね……。でも樹《いっき》ちゃんは自分でブレーキかけたりしないでしょ。やりたいと思ったら、疑問なんて持たずに苦手な絵だって楽しんで描く。樹《いっき》ちゃんにはそういう才能がある。なにが楽しくて、なにをやって、どんな結果があれば幸せなのか、なにもかもを自分で好きに、自由に選ぶ力。決まりもなにもない。お祖母《ばあ》ちゃんには、そんなふうにできる力はない」

「そんなことないよ。お祖母《ばあ》ちゃんは可愛《かわい》いし」

「ありがとう。でもね、この歳《とし》になるとああすれば良かった、こうすれば良かったって後悔がたくさんあるの。ほんとうに一回しかない人生で、あとから気づいても、どうしようもない。だから、好きに、自由に、毎日を楽しんでる樹《いっき》ちゃんを眺めてると、まるでお祖母《ばあ》ちゃんもそうしてるみたいな気分になれる」

祖母は最近、目許《めもと》の皺《しわ》が増えたと思う。秋晴れの下で、顔中の皺《しわ》が目立っていた。空木《うつぎ》は、刻まれた年月そのものであるその皺《しわ》を、愛らしく感じた。

「お祖母《ばあ》ちゃんは、樹《いつき》ちゃんの言動に感情移入してるの。樹《いつき》ちゃんを見ていると、そうね、よくできた小説を読んでるみたいに感じるんだ」

「お祖母《ばあ》ちゃん、小説好きだもんね」

「樹《いつき》ちゃんはあんまり読まないねぇ。児童小説とか」

「うーん……。図鑑は好きだけど、遊びたいことが多いから、小説を読んでる時間があんまりないっていうか。文章を書くのは、こないだも先生に褒められたし、得意だと思うし楽しいけど――……、……あ！」

頭のなかにばちんと散った火花で、固まった。

これまでに経験したことのないほど強く、激しく、色あざやかな接続だった。空木《うつぎ》が、瞬時にして沸騰した感情がつっかえて言葉を再開できないでいるうちに、祖母が空木《うつぎ》の閃《ひらめ》きを後押しすることを口に出した。

「樹《いつき》ちゃんはしょっちゅう、その日にあった面白かったことをお祖母《ばあ》ちゃんにお話ししてくれるでしょう？　まるで物語みたいに。特に、そういうときお祖母《ばあ》ちゃんは最高に幸せだなと感じるの。楽しくて、うれしくて、樹《いつき》ちゃんに恵まれたことに泣きそうになる。お祖母《ばあ》ちゃんを幸せにしてくれてありがとう」

「……ね、お祖母《ばあ》ちゃん。最高のことを思いついたよ！」

空木《うつぎ》は弾《はじ》けたふうに、リビングの床に座る祖母のところまで行って、噴きあがる情熱とともににまくし立てた。

「これから先は、俺がお祖母《ばあ》ちゃんの言うように好きに……自由になにかを楽しんだら、それを小説にして、読ませてあげる！　そうしたらいままでよりもっと、お祖母《ばあ》ちゃんの人生が楽しくなるよね？　あのね、想像したら、俺もすっごく楽しそうだった！　このごろ心から思うんだ」

微笑《ほほえ》む祖母の瞳に、空木《うつぎ》自身の笑顔が映っていた。

満面の。

「この世界は楽しいよ！　バッタを探しに行ったときも、ヒヨドリが鳴いててコスモスが風に揺れてた。昨日は夕陽《ゆうひ》がきれいで、その前は雨音が心地良かった。藤袴《ふじばかま》が貸してくれる漫画も面白いし、お父さんが釣ってきたアオリイカはすんごい美味《おい》しかった。毎日びっくりすることばっかりなんだ。お祖母《ばあ》ちゃんにも感じさせてあげるね。だれにも、なんにも邪魔させない、他人の常識や意見なんて関係ない、俺が楽しんだそのまんまの気持ちだけを……！」

もしも、いまも祖母と話すことが叶《かな》うのだったら。

空木《うつぎ》は間違いなく、あの少女――鴨華《ひよどりばな》のことをその日のうちに祖母に伝えるだろう。

きっと、こんなふうに。

「いやマジでさ、あの子があれこれ言ってきたプロとか創作の深遠とかは、校長先生の長話とおなじくらいにしか興味ないんだけどさ。なんでかな、あの子を見てたら心が弾んだんだよ！　俺の返答に半泣きになってて、なのに瞳だけは燃えてるみたいな感じを、……俺がはじめて会うような人間かもと考えるのは、期待しすぎだと思う？」

祖母は微笑《ほほえ》んで答えるだろう。

樹《いつき》ちゃんは、他人がしないことをする人が好きだもんね。

実際、鵯華《ひよどりばな》はその通りだった。あんな断られ方をしたのにまったくめげず、それどころか翌日の土曜日に早くも、しかも部室の机に座って待っている少女など、空木《うつぎ》はほかに見たことがなかった。

2.

「——いい？　空木《うつぎ》樹《いつき》。わたしの話があなたにとって、買ってもない宝くじに当たったような幸運であるとは、わかっているんでしょ？」

学校に登録された正式名称は単なる〝文芸部〟。

通称として〝超・文芸部〟の部室だ。

やはり椅子ではなく机に座り直した鵯華《ひよどりばな》が、話を続けながら脚を組み替える。その動作がいかにも手慣れておらず、ほんとは机に座っちゃ駄目なんだけどなあ感が出ていて、空木《うつぎ》はおかしかった。

「だって、わたしよ？　空木《うつぎ》も部室に入るなり、鴨華千夏《ひよどりばなちなつ》、とつぶやいたよね？　ってことは、いまはわたしという人間について最低限の情報は耳に入ってるわけだ。それだけで、わたしの言葉には耳を貸す価値があるとわかるはず」

――メディア業界と縁深い両親の許に生まれ、そして本人もわずか五歳のときに、子役タレントとしての活動をはじめた。

映画デビュー作は、母親の小説が原作の『恋色の断末魔』だった。

その後は小学校卒業に合わせて芸能界を引退するまで、ドラマやバラエティ番組、ＣＭなどに出演していた。

そういったジャンルに詳しくない空木《うつぎ》も、考えてみればなんとなく、鴨華《ひよどりばな》の顔を見たことがある気はしたくらいだ。子役時代と顔立ちが変わっていないのだろうか。あるいは、空木《うつぎ》がメディアで見かけたのは子役時代ではないのかもしれない。

鴨華《ひよどりばな》は、中学二年生の終わりにミステリ小説の新人賞に応募し、同賞の史上最年少受賞を果たしている。

一般的な評価としては、天才かつ多才と呼ぶほかない。

「もちろん、わたしが新人賞を獲《と》れたのは実力だけじゃないよ。こんなクソみたいなこと言いたくないけど、年齢や経歴のボーナスも絶対ついてる。わたしが一線級の作家たちと並んでるとは思いあがってない。現に、同時受賞した千茅《ちがや》なんちゃらさんの作品のほうが、わたしのより出来は良かった……」

受賞直後は、あの子役の鮮烈デビュー、とメディアが騒いだらしい。

それもあって、鵯華《ひよどりばな》の処女作『ザ・フューネラル・ストーリー』は、子供の背伸びだの考証ミスが多いだの母親がかなり手を加えているにちがいないだの批判も受けつつ、去年の年間ベストセラー上位に名を連ねるほど売れた。

すでに映像化の企画が進んでいる、という噂《うわさ》もある。

「それでもわたしは小説をたくさん読んできてて、選考委員やってるようなバケモノ連中が賞をやっても良いかと思うくらいには、小説の体裁を整えられる。でもってそれ以上に、作品を客観視した上で、どういった読者がどんなふうに感じるかを予測するのが上手《うま》いと自負してる。書評家でもあるんだから」

作家、鵯華千夏《ひよどりばなちなつ》としての二作目は出版されていない。

嘱望はされているだろうに、予定もいまのところないようだ。

代わりに現在注力している活動が、藤袴《ふじばかま》が入学前から知っていた理由でもある〝鵯華《ひよどりばな》先生〟という名義での書評・読書系動画配信チャンネルなのだった。

鵯華《ひよどりばな》が、近くで見ると思いがけないほどぱっつんぱっつんの胸を張る。

「ほかはともかく、その点だけは自信がある。わたしはあなたの編集者になれる——この言い方だと、ねちねちと口うるさく重箱の隅をつつくクソ野郎じみてるか……、格好良く表現すると、そう、あなたをディレクションできる」

もともと子役時代の終盤にはじめたものだったが、プロ作家デビューとともにチャンネル自体を作り直し、人気が急伸した。最近コミカライズし、アニメ化も時間の問題とされるライトノベル『月剣のベテルギウス』は、鵯華《ひよどりばな》先生チャンネルで激推しされていなければメディアミックスには届かなかったと思うと、作品のファンである藤袴《ふじばかま》自身が語っていた。

最近は鵯華《ひよどりばな》先生名義での仕事が多く、ネットメディアで書評の連載を持ったり、大手書店とコラボレーション企画をやったり、読書好きの芸能人と対談したり、あれこれやっているのだという。

「気晴らしではじめた鵯華《ひよどりばな》先生の動画チャンネルも、文芸というマイナーなジャンルのなかでは影響力があるほうだし、やり方はいろいろ……、……空木《うつぎ》、さっきからなんでそんな、おえー、みたいな顔してんの？　ちゃんと聞いてる？」

「いや、ちゃんと聞いてるんだけど、……臭くて」

鵯華《ひよどりばな》の隣で十何枚目かのウェットティッシュを取り出していた綾目《あやめ》が、あ、良くない、といった感じに眉をぴくりとさせる。

部室の隅、体育座りで落ち込む藤袴《ふじばかま》はびくんっとして、超・文芸部の顧問である橘仁志三《たちばなひとし》十四歳だけは『人間失格』を読みながら、そうだよねえ、とにこにしていた。

鵯華《ひよどりばな》はなにか言いたげだったが、目を潤ませた藤袴《ふじばかま》をちらりと見て、言葉を呑《の》み込んだ。

ひと呼吸置いて話を再開してくる。

「……書く内容によるけど、適切な新人賞に応募するのが第一選択だし、小説投稿サイトに新しく公開するのも有りだと考えてる。そっちはそっちでレッドオーシャンだけど、鵯華《ひよどりばな》先生チャンネルで推しまくる前提ならば勝算はゼロじゃない。どうであれ、わたしは空木《うつぎ》を在学中にプロデビューさせる自信がある」

「窓を全開にしてても、臭い……」

「デビュー後に次回作か続編を立て続けて出せる態勢作りも大切、……だけど短命な作家で終わらないための最優先事項は、エンターテインメントの技術をきちんと学ぶことだよ。わたしは、自分の小説を書く際には三幕構成を利用した。特にハリウッドで、観客の心を捉える合理的な技法とされているものよ。空木《うつぎ》にあれを叩《たた》き込みたい」

「鵯華《ひよどりばな》の制服が、とんこつと味噌《みそ》と魚介出汁《だし》と鶏白湯《パイタン》と麻辣《マーラー》臭い……」

「……。作家はプロデビュー後こそが大変なんだけど、幸運にも空木《うつぎ》は若い──わたしとひとつしかちがわない現役高校生だし、わたしとおなじで顔が良《い》いから。作品そのものとはちがう部分での付加価値も高い。わたしも宣伝するし、なんなら顔出しで、チャンネル内で対談するのも──」

「顔が良くても、制服がゲロ臭いのはなぁ！」

「――あんたのお友達が！　わたしの制服に！　各種ラーメンをブレンドしたゲロを引っかけたからでしょうがぁぁぁ!!」


超・文芸部は顧問の橘《たちばな》に了承をもらった上で、もともとあったごくふつうの文芸部を新生させた部であり、その活動内容は言わば〝空木《うつぎ》が自分なりに長年やってきた創作活動そのまま〟である。

発足時のメンバーは部長の空木《うつぎ》、副部長の綾目《あやめ》。一ヶ月後に藤袴《ふじばかま》が漫研と掛け持ちで入部して、合計三人。これはずっと変わっていなかった。排他的なわけではない。いつでも新入部員ウェルカムだが、だれも入ってくれないだけだ。

活動が悪目立ちすることも多いから。大人たちから注意されるのもしょっちゅうだと、校内のみんなが知っているから。

しかし空木《うつぎ》は、自分たちの部を大変気に入っている。綾目《あやめ》は空木《うつぎ》がやりたいと提案したことには基本的に反対しないし、藤袴《ふじばかま》だってぶつぶつ文句を言いながらも楽しんでくれている。空《うつ》木《ぎ》の創作意欲も、超・文芸部をはじめてから向上した。

ディストピア国家で放送塔を乗っ取ってクラシックを流し、撃ち殺されるまでの心境をつづった『破滅国家にひびく破滅のうた』や、一風変わったオバケと一夜をすごすホラーコメディ『カップラーメンばばあのいない夜』など、活動内容を下敷きにした小説も、空木《うつぎ》はよく書いてきた。

本日も、それらとおなじような活動だったのだ。

空木《うつぎ》が春休みのあいだに思いつき、綾目《あやめ》たちと詳細を固めた企画だ。

このあたりの全ラーメン店をめぐる。

それぞれの感想を添えたラーメン店のMAPを作る。……もちろんただ食べるだけでは、空木《うつぎ》好みの企画にはならない。

第二弾となる今日、昼前からの三時間で回ったラーメン店の数は、五軒だ。

本来とても美味《おい》しいはずのラーメン。それが満腹と飽き、さらに限界突破したがゆえの体調不良によって、だんだんと炭水化物と油の怪物のように思えていく様、現代の飽食と虚栄をノンフィクションにする企画なのだった。

先週末に第一弾をやっていたので、一軒目からすでに、全員がラーメンはもうしばらくはちょっと……という気分だった。そこからの各種ラーメンだ。空木《うつぎ》も四軒目入店時にはかなり苦しくなっていたし、綾目《あやめ》でさえ五軒目で目の前に唐辛子も花椒《ホアジャオ》も増し増しの麻辣《マーラー》味のラーメンが置かれたときには半泣きで冷や汗をかいていた。

車を出してくれた橘《たちばな》だけは、自分が食べたい二杯のみ食べていたが。

藤袴《ふじばかま》はほぼ死体と化していて、早速のレポートを書くために学校の駐車場から文芸部部室に向かうあいだ、空木《うつぎ》が肩を貸す必要があった。

そして部室にたどり着くと鍵は開いていて、なかに鵯華《ひよどりばな》がいたわけだ。

色っぽさを意識した妖しい笑みを浮かべ、机の上に腰かけて、脚を組んでいた。それを見た空木《うつぎ》は先ほど鵯華《ひよどりばな》が言ったように、あ、鵯華千夏《ひよどりばなちなつ》だ、と口に出して、藤袴《ふじばかま》から手を離した。

……息も絶え絶えだった藤袴《ふじばかま》は、椅子に座りたかったのだろう。机のほうに近づいて、途中でとうとう限界を迎え、ゲロを吐き、鵯華《ひよどりばな》にも散った。

鵯華《ひよどりばな》もふくめてみんなでゲロの処理をして、鵯華《ひよどりばな》と藤袴《ふじばかま》の制服はとりあえずウェットティッシュでできるかぎり拭いたあとで、鵯華《ひよどりばな》はすべてなかったことにしてもう一度仕切り直したのだった。

だがすべてはなかったことにはできない。

臭いは、すぐには消えない……。


「ほ、……ほんっとごべぇぇえん！」

鵯華《ひよどりばな》は藤袴《ふじばかま》の涙声にはっとして、即座に切り替えた。

「いぃえ藤袴《ふじばかま》！　ごめん、さっきも言ったけどこれはあなたのせいじゃなかった！　制服はクリーニングに出すから大丈夫。わたし、ここに入学してからも空木《うつぎ》のこと聞き込みしたんだから、よくわかってる。この部はそういう部で、どうせ空木《うつぎ》がよくわかんない企画を強行した結果でしょ?」

空木《うつぎ》は口許《くちもと》をほころばせた。

「まあ、それはその通りだなぁ。部員ふたりのクリーニング代くらいは責任持つよ。ちゃんと顧問に払わせるからさ」

「はは、パチスロで五万円失ったばかりの僕の財布に、そんな余力があるかな?」

橘《たちばな》がさわやかな口調で言い、鴨華《ひよどりばな》本人もふくめてほかの全員、え、と目をしばたたかせた。

けれど橘《たちばな》の言動に引っかかったわけではない。少なくとも綾目《あやめ》と藤袴《ふじばかま》は橘《たちばな》という教師の人間性にいまさら驚かない。

綾目《あやめ》が鴨華《ひよどりばな》の制服をまた拭いてやりながら、ぽつりとこぼした。

「部員……ふたり?」

鴨華《ひよどりばな》がその疑念を引き継いだ。

「そうだよ。待って。空木《うつぎ》、いまそう言った。橘《たちばな》先生からなにか聞いた……んじゃないよね? 藤袴《ふじばかま》だけじゃなくて、わたしのことも指した?」

「え。だって鴨華《ひよどりばな》、部室のなかで待ってたじゃん」

ＡＩＡ学園では、部室の鍵は顧問が管理している。そもそも、土曜日に、部室にくるかどうかもわからない部員たちをぽつねんと待つのも馬鹿みたいだ。つまり、事前にあれこれ調整していなければ、部室で待つという選択肢は生まれない。

「うちに入部届け出した上で、橘《たちばな》先生から、今日は昼すぎに部室に寄る予定があると聞いてたんだろ。で、余裕をもって早めにきて、たぶん、お弁当食べたりそっちに置いてるタブレットでなんか作業したりしつつ、まだかなー、空木《うつぎ》たち早くこないかなー、とそわそわして待ってた」

鵯華《ひよどりばな》の顔が見る間に不機嫌そうになっていくのが、また、実にわかりやすかった。表情がころころ変わる。

渦巻く感情の色あざやかさが、透けて見えるようだった。

空木《うつぎ》は笑ったまま続けた。

「だから、いま嫌そうな顔してるのは、ほんとは自分の口で入部を告げて俺たちを驚かせたかったからだ。俺のこと調べたと言ってたんだし、机に座ってるのもあれだよな、常識はずれの奴《やつ》だと思われたほうが興味を引けると考えて――」

「――ぶ、分析しなくていいから！」

鵯華《ひよどりばな》は顔を赤くして、机からぴょんと飛びおりた。……藤袴《ふじばかま》は泣き腫らした目で、意外そうに鵯華《ひよどりばな》を見ていた。綾目《あやめ》のほうはまたちがう意味で驚いた顔で、空木《うつぎ》を眺めている。

空木《うつぎ》は適当な椅子に腰をおろして、問いかける。

「なんで？」

「へっ？　な、なんでって、……恥ずかしいでしょ！」

「じゃ、なくて。……鵯華《ひよどりばな》のことはたしかに聞いてる。プロとして本を出してて、次回作も嘱望されてる感じなんだろ？　すっげぇな、とは素直に思うよ」

綾目《あやめ》がぼそりと言ってきた。

「空木《うつぎ》、……ずいぶん楽しそうだな」

「そりゃそうだろ、面白いじゃん鵯華《ひよどりばな》。ふつう、プロ作家がわざわざ新しく高校の文芸部に入ってきて、リソースを無駄にするか？　流れを考えると、俺のことをその、なんだっけ、口うるさく重箱の隅をつつくために入部したわけだよな？」

「人を、あんな人面獣心の罵詈雑言《ばりぞうごん》見当はずれ社畜マシーンといっしょにしないで！　適切なディレクションと言って！」

「担当編集となんかあったんか」

「ともあれ、文芸部の規則にあるんでしょ？　空木《うつぎ》が部を魔改造しちゃう前からの規則のひとつ。創作物に関しては部員同士で意見をちゃんと交わすこと。このへんはいろいろ確認して、顧問の言質《げんち》取ってる。ですよね、橘《たちばな》先生？」

「まあそうだね」

「ね？　ほかの部員の意見を必ずしも取り入れる必要はない、ただし意見されたら吟味はすること、って。だったら、空木《うつぎ》がいかに技術論には興味ないと突っぱねても、わたしの話を聞く必要性ができるでしょ？」

鴨華《ひよどりばな》は入部理由を言外に認めた。

最後に、ぶつぶつと付け加える。

「っつーか、興味ないという発言がそもそも意味不明なんだけど……。物書きだったら、たくさんの人に評価されたいと思うもんでしょ……」

しかし実は、空木《うつぎ》が訊《き》きたいことの答えにはなっていなかった。

もう一度尋ねたときにはもう、鴨華《ひよどりばな》の反応を楽しみにしている自分がいた。

「入部理由はわかってる……からこそ、なんで？　って訊《き》いたんだけど」

「はえっ？」

「なんでそこまでして、俺に絡《から》んでくるのかな？　鴨華《ひよどりばな》は最初に、俺の小説をつまんないと言ったけど、そりゃそうだろうなと思うよ。藤袴《ふじばかま》とかも俺の小説読むのを嫌がること多いしさ。なのに、なんで鴨華《ひよどりばな》自身の才能の無駄遣いみたいに俺にこだわってるわけ？」

鴨華《ひよどりばな》はわかりやすく動揺した。

が、すぐそれを抑え込んだ様子で、はっ、と強気に笑う。

「……わたしのプライドの問題よ！　わたしは、空木《うつぎ》がネット上に公開してる小説を偶然から目にしてた。で、この学校を受けることが決まって調べて、文芸部にあの小説の作者がいると知った。それで、気まぐれで声をかけてやったのに、断りやがった。それは鵯華《ひよどりばな》先生の沽券《こけん》に関わるから──」

「いやいや嘘《うそ》だろそれ」

「──…………えっ？」

鵯華《ひよどりばな》がより激しく、ぎくり、とした。

空木《うつぎ》の声は自然と弾んでしまう。

「だってさ、鵯華《ひよどりばな》が俺に話しかけてきたのは昨日の昼休みだよ？　しかも半分はすぎてたし、俺に断られて鵯華《ひよどりばな》はうろたえてた。鵯華《ひよどりばな》のごはんはほとんど残ってた。あのあとで、昼休みのあいだに入部届け取りに行って橘《たちばな》先生に渡せるかな？　鵯華《ひよどりばな》の担任に預けたにしても、橘《たちばな》先生の手に渡るのはどのタイミングかな？」

空木《うつぎ》はほとんど確信していた。

「橘《たちばな》先生に確認したってことは、多少なりとも時間を取ってもらったってことだろ？　橘《たちばな》先生が生徒の気持ちを汲《く》んでそんなにスピーディに動くはずがないよ。仮に、昨日の放課後に鵯華《ひよどりばな》の入部届けを確認したとしたら、その放課後のうちに対応なんかしない。なんなら、あれこれ面倒くさいなあ、明日いっそのこと空木《うつぎ》くんインフルエンザになって部活休みにならないかなあ、とぼんやり考えるはずだ」

「顧問がそんな発想の部、大丈夫？」

当惑する鴨《ひよ》華《どりばな》に、橘《たちばな》は大人の余裕たっぷりの笑みを見せた。

「心配せずとも安泰だよ。なんせ僕の父親はこの学校の理事長で、僕は遅くに生まれたひとりっ子だ。溺愛されているからね」

「うわあ」

鴨《ひよ》華《どりばな》がゴミを見る目を向けたので、綾目《あやめ》が一応フォローした。

「その、なんだ、橘《たちばな》先生は多趣味でさまざまな道具を貸してくれるから、活動の上では頼りになることも多いんだ」

「そうだろう綾目《あやめ》くん、言ってやってくれ。煩わしいときも多いが、空木《うつぎ》くんが部長になってからの文芸部活動は、僕にとっても仕事のなかじゃ楽しいほうなんだよ」

綾目《あやめ》がうなずいた。

「それに学校側も無茶な部活動をけっこう見逃してくれるしな。……鴨《ひよ》華《どりばな》、気持ちはよくわかる。親の威を借る三十代はみっともない。俺も橘《たちばな》先生のような大人になるくらいなら腹を切るし、理事長はこんな息子を抱えておいて、よくもまあ笑顔で校内を歩けるものだなとは思うんだが……」

「……綾目《あやめ》くん？」

橘《たちばな》が解《げ》せない様子で首を傾《かし》げた。

空木《うつぎ》は鴨《ひよ》華《どりばな》へと続ける。

「要するに、昨日の今日でそこに座ってるのは早すぎるってこと。ふつうに考えれば、そうだな、始業式の翌々日かその次の日には入部届け書いてたろ？」

「う」

とどめを刺す。

「俺、腹芸みたいなやり口は好きじゃないんだけどなぁ」

鴨華《ひよどりばな》は気まずそうに、それでいて迷うようにうつむいた。

風がふわりと吹き込んでくる。春の匂いがする。ゲロの臭いもだが。窓の外にアゲハチョウが飛んでいるのが一瞬見えた。鴨華《ひよどりばな》が、ささやく。

「わたしが、………………だからよ」

小声すぎて、ほとんど聞き取れなかった。

「うん？」

空木《うつぎ》が首をひねり、鴨華《ひよどりばな》はついに覚悟を決めて顔をあげた。

目は潤んでいる。頬は真っ赤だし、唇は震えていて緊張の極みだ。にもかかわらず、そのまなざしは空木《うつぎ》の心を焼き貫いて、消えない灼熱《しやくねつ》を刻んだ。空木《うつぎ》は明確にどきりとさせられた。

——なんだ？　と戸惑うほどだった。

去年の夏からずっと抱える胸の痛みが、べつのなにかに強く上書きされていくかのようだった。鴨華《ひよどりばな》が再び、今度は部室の外にまで響きそうな声で言った。

「わたしが、空木《うつぎ》のファンだからよ!!」

懸命さと強さ、まっすぐな情熱が――。

その経歴などよりもよほど、鵯華《ひよどりばな》がいったいどういう人間なのかを空木《うつぎ》に実感させた。はじめて会うような人間どころではない。空木《うつぎ》は自分の小説に対して、ここまで言ってくる人間が祖母のほかに存在しているなど考えたことすらなかった。

予感はやはり正しかった。

「空木《うつぎ》が書く小説の、ファンなの……！　最初に読んだときからクリティカルヒットで、すごく好きだった！　けど、エンタメとしては欠けすぎてて、わたし以外が読んでもたいていは楽しめないのがわかるから、もったいないんだよ。自己満足より大切なものはある！　わたしなら空木《うつぎ》の小説をもっとエンタメとして磨ける自信がある……あぁもう、くそ！　こんな直接言わせんな！　わかったでしょ、わたしは真面目に――」

空木《うつぎ》は鵯華《ひよどりばな》をさえぎった。

「鵯華《ひよどりばな》のその必死な感じを、原稿用紙何枚かでびっしりと詳細に描写したくなるな」

「――は、……はあっ!?　喧嘩《けんか》売ってんの!?」

「ちがう。……ちがう、ちがう、ちがう！　はは、うれしいんだよ、……俺はさ、このごろずっとスランプぎみだったんだ――どっかで、前よりもずいぶんと世界が錆びついた気がしてた。だから、鵯華《ひよどりばな》が言ってくれたことはありがたいよ。鵯華《ひよどりばな》の入部で、……いつ以来かな、こんなに面白く感じるのは！」

　鵯華《ひよどりばな》は時間が止まった顔をした。

　空木《うつぎ》が本気で言っているのが充分に伝わったからだろう。鵯華《ひよどりばな》はそうっと目をそらし、むずがゆそうに頬をかいた。しかし堪えられないうれしさがにじみ出ている。ようやくスタート地点に立った、そんな表情になっているのが、空木《うつぎ》にはまた楽しかった。

　その無防備な明け透けさが。

「……空木《うつぎ》、わかるよ。だれの反応もない創作を続けるのは孤独で、つまらないものだもの。わたしの言わんとすることを理解してくれて安心した。……でも、ふふ、ぐずぐずしてるヒマはないからね！　プロの世界で、わたしと空木《うつぎ》のすべてを燃やし尽くすには、人生まるごと使っても足りないんだから――！」

　空木《うつぎ》は笑顔で首を傾《かし》げた。

「いやそういうのは完全無欠に興味ないんだけど」

「じゃあ、なんなのよ⁉」

　鵯華《ひよどりばな》の悲鳴がまたしても響き渡ったのだった。


　学校の正門から駐車場を通ってテニスコートのあたりまで、敷地《しきち》を縁取るように並んだソメイヨシノはほぼ散っていて、時折、風が花びらを舞いあげる。

窓から差し込むうららかな陽射《ひざ》しのなか、本日はこれで解散というタイミングで、空木《うつぎ》はふと閃《ひらめ》いた。

「そうだ。鴨華《ひよどりばな》の歓迎会として、このあとみんなでラーメンでも――」

「「嫌だ」」

断った部員たちの表情も実にドキュメンタリー的で、まさに空木《うつぎ》が今回のラーメン店めぐり企画で描《えが》き出したいものであった。

3.

空木《うつぎ》と鴨華《ひよどりばな》にとっては、ゴールデンウィーク最終日が運命の日となる。


……その十三日前。放課後。

ふたりきりの部室で、鴨華《ひよどりばな》が口を開く。

「そういえば空木《うつぎ》さ、クラスの友達から聞いたんだけど」

空木《うつぎ》は4Bの鉛筆を動かしながら相づちを打った。

「わたしが空木《うつぎ》に好きだと告白して振られた、という噂《うわさ》が流れてるんだって。知ってた？　初耳？　ね、この話を聞いてどう思った？」

「鵯華《ひよどりばな》にも友達いるんだなぁ、と思ったよ」

「友達くらいいるわ！　絶対、空木《うつぎ》よりはいっぱいいるわ！　そうじゃなくて、こんな美少女を振ったと勘ちがいされて鼻高々かってこと！　空木《うつぎ》がいま彼女いないのはわかってるけど、好きな人はいる？　その人にも一目置かれるんじゃないの？」

「っつーか、恋愛的な意味じゃ単に事実じゃないからさぁ。鼻高々もクソもないだろ。鵯華《ひよどりばな》がよく言ってくる、意味のわからない……ええっと、なんだっけ、プロ……作家？　エンター……テインメント？　みたいな話では、鵯華《ひよどりばな》を振ってると言えるだろうけど」

「意味わかんないわけないでしょ！　とつぜん一般名詞すら聞き覚えがないっぽい顔しないでくれる⁉　だいたい答えになってないよ。どうなの？　好きな子とか、……前に付き合ってた子とか、いないわけ？」

「なに？」

空木《うつぎ》は、脚を組んで椅子に座る鵯華《ひよどりばな》をじっくり観察する。

鵯華《ひよどりばな》が向けてくる、煮えたぎるまなざしを、空木《うつぎ》なりに味わいたいと思ったからこそいまこの状況だ。空木《うつぎ》はスケッチブックに描いたものの一部を消しゴムで消し、再び鉛筆を持ち直した。答える。

「いないよ。俺はこれまでも特に、だれとも付き合って――」

「へぇえぇぇえ、ふぅぅぅうん。そうなんだぁ」

「……なんだよ。にやにやしすぎじゃねぇ？」

「いーえ、べっつにー？　なんでもないですよー？　ただ、さぁ、あー、わっかるぅ、と思っただけー。空木《うつぎ》ってばデリカシーないもんねぇ？　それでよくあんな綺麗《きれい》な文章書けるなあという感じだもんねぇ？　わかるわかる、あっはは一、恋愛経験ないわけぇ？　うわーたしかにモテなそうー」

さすがに反論したくなった。

「自慢じゃないけど、告白されたことは何回かあるぞ。っつーか動くなよ。ほら。あとすこしで完成するから」

「へっえぇぇぇ？　そりゃ空木《うつぎ》ったら中身はちょっとアレでも容姿は良《い》いですからねぇ？　自慢じゃないなら見栄《みえ》ですかねぇー？　告白されて断った？　ストイックな芸術少年気取りですかぁー？　女の子に対しても、わたしが空木《うつぎ》に連日聞かせては無碍に扱われてる創作論みたいに、興味ないんですかぁー？」

……女子に、興味。

ないわけは、ない。けれどこれまではもっと興味のある、やってみたいことが多すぎて、そんなことにまで手が回らなかったのだ。ただ、……いまは。

いま、空木《うつぎ》が最も興味のあることは――。

「――鵯華《ひよどりばな》、……のほうこそどうなんだよ。さぞかしモテてきただろ。少なくとも、マウント取れそうになってはしゃぐ程度には恋愛経験が――」

がらり、と部室の引き戸が開けられた。

たまたまどこかでいっしょになったのか、クラスの用事があると言っていた綾目《あやめ》と、漫研に寄ると言っていた藤袴《ふじばかま》が並んでいた。並ぶと綾目《あやめ》の体格の良さが際立《きわだ》つ。

藤袴《ふじばかま》は空木《うつぎ》に目を向け、短い声を漏らした。

「うげ」

鵯華《ひよどりばな》が尋ねる。

「なに、藤袴《ふじばかま》」

他人の呼び方は、うつりがちなものだ。鵯華《ひよどりばな》はこの部でいちばん年下だが、空木《うつぎ》がそう呼ぶし、本人たちも気にしないから、藤袴《ふじばかま》のことも綾目《あやめ》のことも、すっかり呼び捨てで定着したらしかった。

綾目《あやめ》も口を開いた。

「気にするな、鵯華《ひよどりばな》。あとですぐにわかる。……空木《うつぎ》、おまえがデッサンをしているということは、今度は美術を題材にして書いてみたくなったのか？」

「ってか、橘《たちばな》先生はどこよ？　パチスロ？」

藤袴《ふじばかま》が教室を見回す。鶫華《ひよどりばな》がうめいた。

「マジでそんな人なのね、ここの顧問……」

空木《うつぎ》は鉛筆画を最終調整する手を止めず、綾目《あやめ》と藤袴《ふじばかま》の質問に返答した。

「橘《たちばな》先生は、勤務時間内にはパチスロ行かないよ。失職のリスクのあるサボりとリスクのないサボりを、きちんと見分けられる男だ。単に、学年主任から、逃げられないタイミングで仕事を頼まれたみたい。で、俺は美術ネタを思いついたわけじゃない。なにかの参考にしようと思って描いてない」

鶫華《ひよどりばな》のほうが反応した。

「え、そうなの？　わたしもそうなんだろうなと思ってたのに。じゃあ空木《うつぎ》、どうして急に、わたしの絵を描きたいと言い出したの？」

「そうしたいと思ったから。ただ鶫華《ひよどりばな》を描いてみたくなっただけだよ」

鶫華《ひよどりばな》はどきりとしたようだった。

綾目《あやめ》が、お、というふうに目を丸くする。それも、さながら、しばらくつぼみをつけなかった植物の花が咲いているのにふと気づいたような、肯定的なものだ。

「空木《うつぎ》、それって」

信じがたい、といった否定的な声音でこぼしたのは藤袴《ふじばかま》で、当の鶫華《ひよどりばな》も期待と不安が混ざった、どきどきした感じの声を発した。

「わ、わた、……わたしを、いったいその、どんな理由で……」

「だって鴨華《ひよどりばな》の表情は、なんていうかな、あざやかなグラデーションで、あれみたいじゃん。……油で汚染されて虹色になってる河川！　──よし」

「たとえが悪すぎぎんでしょ！　──できたの？」

「うん。完成。もういいよ」

「……あぁ、肩凝ったなー。さあ、出来はどうかなー」

鴨華《ひよどりばな》は椅子から腰を浮かし、一度伸びをする。それから、急いでいませんよーっ、という風情《ふぜい》で歩いてきた。

しかしその表情は気もそぞろだった。空木《うつぎ》はすこし笑い、目の前まできた鴨華《ひよどりばな》に鉛筆画を見せる。

「ほれ。どう？」

「これが、わたし──………、………くっそ下手じゃねーか！　これをよくあんな玄人《くろうと》面して描いたよね⁉」

鴨華《ひよどりばな》が思わずといった様子で、スケッチブックをすぱーん！　と叩《たた》いた。空木《うつぎ》にも出来の悪さの自覚はある。デッサンは狂っているし、顔の描き方は悪く言えば幼稚園児、良く言っても小学校低学年だろう。

けれどもある程度の満足感はあった。

「あはは、鵯華《ひよどりばな》のそういう反応も楽しみの一部だったんだ」

綾目《あやめ》と藤袴《ふじばかま》がそれぞれ、しみじみと語った。

「俺が先ほど言った通り、すぐにわかったろう」

「空木《うつぎ》はけっこうなんでもできるほうだけど、絵心は壊滅的なんだよねぇ……。頭のなかで補正かかりすぎて見たままを描けないのかな？」

「空木《うつぎ》の脳内補正かかると、わたしの顔、こんなちんくしゃなの……？」

鵯華《ひよどりばな》は不服さが顔に漏れ出すぎて、逆に、空木《うつぎ》が描いた鉛筆画に似てきていた。空木《うつぎ》は鵯《ひよどり》華《ばな》のそんな横顔を見ながら考える。

満足感——ある程度の。

ついこのあいだまでは、それさえも得がたくなっていたのだ。鵯華《ひよどりばな》がこの超・文芸部に入部してからの一週間ほどで、空木《うつぎ》の日々はずいぶんマシになった。

なのに、楽しさだけではなく引っかかりが芽生えていた。

……これだけでは、足りていない。

むろん、プロ作家デビューを目指すための小説を書く、などというのは論外だ。そんなのはクソだ。断じて、ない。だが考えはまとまっていなくても、ある程度の、よりも先があるはずだ、という渇望《かつぼう》じみた感覚があるのはたしかだった。

ありていに言えば、空木《うつぎ》が鵯華《ひよどりばな》という少女に抱いている感情を、自ら充分には堪能《たんのう》できていない。

あるいは、目の前に未知の世界への扉があるにもかかわらず、それを押し開けられていないような――。

ゴールデンウィーク最終日からさかのぼること、十一日。

「入部してから改めて、空木《うつぎ》の小説を読み返してみたの。で、はい」

鴨《ひよどり》　華《ばな》が、自分で表と文をプリントアウトしたと思《おぼ》しきコピー用紙を複数枚、手渡してくる。

空木《うつぎ》はそのとき、自宅から持ってきたタブレッドPCで、先日の限界突破ラーメン店めぐりの原稿を推敲《すいこう》していた。

藤袴《ふじばかま》がMAPを手描きし、綾目《あやめ》が注釈を入れてくれたデータもあるので、そのうちそちらと合わせて冊子として校内で配布する予定だ。空木《うつぎ》はキーボードを叩《たた》く手を止め、コピー用紙を受け取った。

「鴨《ひよどり》　華《ばな》、これなに？」

「自分で見て、わかるでしょ？　空木《うつぎ》の小説のなかではまとまった量があって、比較的ストーリーラインがわかりやすかった『龍のカゴ釣り』よ。その梗概《こうがい》を勝手にまとめて、それぞれのシークエンスを三幕構成で言えばどこに当たるのか対応させてみた」

空木《うつぎ》はコピー用紙をじっと見た。たしかに一行目には『龍のカゴ釣り』とタイトルが書かれており、その下にはおおまかなあらすじが書かれていた。

それとともに、〝セットアップ〟だの〝第一のターニングポイント〟だの空木《うつぎ》にはピンとこない単語が記され、なにやら解説もついている。

藤袴《ふじばかま》が横から覗《のぞ》き込んできた。

「……『龍のカゴ釣り』なら、あたしも途中までは読んでる。投稿サイトに、反響もなくちまちまと連載してるやつっしょ？　男の子が、現代日本で、叔父さんの仇《かたき》のでっかい龍を釣ろうとする物語」

図書室から借りた分厚いノンフィクションを読んでいた綾目《あやめ》も、同様に目を向ける。

「空木《うつぎ》の小説にしては珍しく冒険物っぽい雰囲気で、俺は苦手ではないぞ」

橘《たちばな》だけはそんなもの気にも留めず、椅子に座って熱心にスマートフォンをつついていた。

鴨　華《ひよどりばな》は意気揚々と続ける。

「空木《うつぎ》、部員の意見は吟味しないといけないんでしょ？　現状は三幕構成になってない『龍のカゴ釣り』を改稿するとしたら……と考えて、整理したんだ。といっても完結してない小説だし、三幕構成にするには足らないピースだらけだから、わたしのアイデアを加えさせてもらった……、空木《うつぎ》どうしたの？　頭が痛い？　あっ」

空木《うつぎ》が頭を押さえたのを見た鴨　華《ひよどりばな》が、焦《あせ》りをにじませた。

「もしかして、変更点が気に入らない？　ちがうからね、誤解しないで。わたしはべつに、こう直せ、と一方的に言ってるんじゃないよ。あくまで一例。大事なのは、空木《うつぎ》がシナリオ作りの基礎を理解すること。わたしががんばって書いたのはあくまで参考、勉強のための教材であって——」

「うん。鵯華《ひよどりばな》ががんばったのは、この文章量を見ただけでわかるよ。鵯華《ひよどりばな》が書く文章やシナリオは本来、報酬が発生しなきゃならないようなものだろうに。だから、……ごめん、と感じたんだ。頭痛じゃない」

「え、なに、謝らなくていいよ！　わたしはそのために入部したんだし、わたしが苦労しただけ空木《うつぎ》の頭に入るんなら、やったかいがある——」

「いや、それが申し訳ないんだよ。……せっかく書いてくれたのに興味がなさすぎて、読んでみようと試みてもびっくりするほど頭に入らない」

「——まず頭には入れろや‼　空木《うつぎ》がやりたい、書きたいっていう自分の楽しみ優先主義なのは充分わかったけどさあ！」

鵯華《ひよどりばな》が怒鳴って、綾目《あやめ》がなぜかうれしそうにくくっと笑って、藤袴《ふじばかま》が同情的なまなざしを鵯華《ひよどりばな》に向けたそのときだった。

橘《たちばな》がいきなり、悲痛な叫び声をあげた。

「——あぁあっ⁉」

空木《うつぎ》たちが振り向くと、思わず腰を浮かせた橘《たちばな》はスマホを掴《つか》み、やり場のない怒りと苦しみに耐えるようにわなわなとしていた。

数秒の間がある。

「橘《たちばな》先生？」

鵯《ひよどりばな》華が声をかける。と、橘《たちばな》はしばらく鬼の形相を続けたあと、表情をすうっと消して、椅子に座り直した。それから、最初から浮かべていたと言わんばかりのさわやかな笑顔を、生徒たちに向けてきた。

「諸君、特に空木《うつぎ》くん、朗報だよ」

「なにこれ怖い」

鵯《ひよどりばな》華がうめいた。

空木《うつぎ》は鵯《ひよどりばな》華案のコピー用紙を指で軽く弾いて、にやりとする。

「朗報って、今週末はどうかって俺が頼んでたやつ？」

「そう。このあいだ保留にさせてもらっていたろう？　空木《うつぎ》くんの目標を達成するには良《い》い時期なのはわかっていたし、もともと僕の趣味のひとつだから、休日に付き合うのも決して嫌じゃなかった。……けどね、実はデートの予定が入るかもしれない状況にあって、決められていなかったのさ」

「橘《たちばな》先生、そんな人格なのに彼女いるんですか？」

訝《いぶか》った鵯華《ひよどりばな》の袖を、藤袴《ふじばかま》が慌てて引っ張った。

「鵯華《ひよどりばな》ちゃん。見てられなくなるから、やめて……」

「あれ、どうして」

「彼女ではないよ。……いまはまだ、ね。それに近い存在ではある。見てみるかい？　いくらスレた元子役であっても、子供には早い駆け引きかもしれないけれどね。僕は半年も前からずっと、サヤカちゃんに愛をささやき続けてた……」

立ちあがった橘《たちばな》が、ふっ、と笑って空木《うつぎ》たちのほうに歩いてくる。藤袴《ふじばかま》が、見るに忍びないというふうにうつむく。

橘《たちばな》が手渡したスマホの画面を、鵯華《ひよどりばな》は覗《のぞ》き込んだ。

空木《うつぎ》はどちらかと言うと、スマホの画面よりも鵯華《ひよどりばな》の反応を注視していたので、鵯華《ひよどりばな》が目許《めもと》を引きつらせる瞬間を見た。

「鵯華《ひよどりばな》くんも心当たりはあるだろう？　女の子はね、やはり甘い言葉に弱いんだ。コツは覚めない夢を見させてあげることさ。空木《うつぎ》くんと綾目《あやめ》くんも後学のために憶《おぼ》えておくといい。努力は裏切らない、と……」

〝ねえ橘《たちばな》っちー☆　土曜日ねぇ　サヤカったらおヒマなんだぁ♪　このあいだ言ってたお寿司《すし》屋さん　出勤前に連れて行ってくれるんなら　その前にカラオケかショッピングもありカナ♥♥♥〟

鴨　華《ひよどりばな》がスマホを空木《うつぎ》に渡して、ぼそりと、苦しそうにつぶやいた。

「……キャバクラの、同伴――……」

つい真実を口にしてしまった天才少女の細い肩を、綾目《あやめ》がいさめるようにぽんと叩《たた》いた。そっとしておいてやるんだ、という温《ぬく》もりに満ちた所作だった。空木《うつぎ》は、受け取ったスマホを、最新のメッセージが表示されるところまで縦スクロールする。

先ほど橘《たちばな》を叫ばせたのであろうメッセージだ。

それを鴨　華《ひよどりばな》に見せる。

〝橘《たちばな》っちごめーん☆　橘《たちばな》っちに早く会いたかったんだケド　うちの猫の調子が悪くて♪　でもぉ　お店のオープン直後はしばらくほかのお客さんの予約があるんだけどぉ　九時くらいからは大丈夫と思うからぁ会いにきてネ♥♥♥〟

橘《たちばな》は誇らしげに語る。

「最後まで読めば生徒諸君にもわかるかな？　僕も最初はたしかに、絶望した。苛立《いらだ》った。これまで店に支払った金を返せと思った。が、よく考えさえすれば、文面に込められた愛を見抜けたんだよ。サヤカちゃんは飼い猫の秘密を話してくれるほど僕を信頼し、たくさんハートで想《おも》いを伝えてくれてる……」

鴨　華《ひよどりばな》は、こいつマジかよ、という戦慄の表情をした。藤袴《ふじばかま》はもはや橘《たちばな》に一秒でも意識を割くのはリソースの無駄であるとみなしたのか、空木《うつぎ》の手からそっと、鴨　華《ひよどりばな》の案を取って読んでいた。

空木《うつぎ》はサヤカちゃんに感謝した。

どう読み解いても、サヤカちゃんはほかの太客から誘われたので、同伴相手を橘《たちばな》からそいつに乗り換えている。おかげで週末の足が確保できた。

空木《うつぎ》はにこにこして、無邪気さを装《よそお》って言質《げんち》を取りにいった。

「じゃあ橘《たちばな》先生。サヤカちゃんと正式に付き合う運命の日は先延ばしになったわけだし、土曜日も日曜日も問題ないってことで？」

「運命の日か。さすが空木《うつぎ》くん、良《い》いこと言うね。……大丈夫さ！　ただ、相変わらずライフジャケットを全員分は揃《そろ》えられないから、安全柵かなにかがある場所はマストで。生徒たちになにかあったら、引率の僕が責任取らされちゃうからね。とにかく、責任を取ることだけは避けたい」

藤袴《ふじばかま》がコピー用紙をめくりながら言った。

「上辺でも、生徒の安全が最優先だからって言えよ……」

「その上で、乗っ込みというイベント期間にふさわしいポイントを選定しよう。道具も、空木《うつぎ》くん以外は持ってないままだろう？　貸してあげよう」

「さすがそんけいするたちばなせんせーすごいなぁー。……ってわけで鵯華《ひよどりばな》、足と道具は用意できたし、この週末、大丈夫？」

「うん、大丈夫……だけど、なんの話？　部活よね？　乗っ込み？」

「乗っ込みとは、魚が産卵のため浅場に移動する現象をいう」

綾目《あやめ》が解説し、空木《うつぎ》はうなずいた。

「鵯華《ひよどりばな》が『龍のカゴ釣り』の話をしたのは、示し合わせたようだった。俺がその作品のイマジネーションの元にしてることだよ。藤袴《ふじばかま》も、たまにSNSにあげてるエッセイ漫画のネタにしてる。……鵯華《ひよどりばな》は、腐ったかまぼこみたいな臭いに包まれ、指先に付着したその臭いが、シャンプーするまで延々と続くのは平気か？」

「えっ、あー、ええっと、……平気ではないです」

鵯華《ひよどりばな》の声は困惑の響きで満ちていた。


……ゴールデンウィーク最終日からさかのぼること九日。

四月下旬の、休みの日だ。夜明けごろにＡＩＡ学園の正門前に集合してから、橘《たちばな》所有のミニバンで一時間とすこし。

春の、透明度の高い海が凪《な》いでいる。風すらほとんどない。

道路沿いの、ちょっとした広場のようになっている護岸だ。

鵯華《ひよどりばな》は橘《たちばな》の私物である遠投磯竿《いそざお》3号の撒《ま》き餌《え》用カゴに、ポピュラーな釣り餌である生のオキアミを詰めながら、独り言のようにぶつぶつと言う。

「わかってた……。わかってたつもりではあったの……。超・文芸部はアクティブすぎるというか、実に文芸部らしくないって評判だったし……」

割り箸を使っているものの、それは手にオキアミの汁がまったくつかないということとイコールではない。

どのみち最後には、手で一匹オキアミをつまんで釣り鉤《ばり》に刺すことにもなる。

「下調べして、空木《うつぎ》の気分次第でアウトドア的なことをやらされるケースがあるのは覚悟してた……というか、まあ、……とだし、…………逆に楽しいかもと……してた……はあるけど……。でも、…………んでもこれは、これは……」

「あ、鵯華《ひよどりばな》、尻尾は切ってそこから鉤《はり》を刺したほうがいいよ。尻尾があると水中でくるくるしがちなんだって。手で、ぶちっと」

空木《うつぎ》のアドバイスに素直に従い、素手でオキアミの尻尾を切った鵯華《ひよどりばな》の顔は、能面のようになっていた。それでも空木《うつぎ》と橘《たちばな》から教わった通り、鉤《はり》を刺したオキアミもカゴに入れ、さらに数匹のオキアミを載せ、ふたをして準備を済ませる。

そのあと、自分の指先の臭いを嗅いだ途端に顔をゆがめた。

「……くっさぁぁい！　なんなのこの海老《えび》みたいななにか！　マジで腐ったかまぼこっぽい臭いがしてるんだけど！　お魚さんたちこんなの食べてお腹《なか》大丈夫ですか⁉　この見た目で海老《えび》

じゃないって意味わかんない！　海老《えび》で鯛《たい》を釣るってことわざあるでしょ、甲殻類使ってよ甲殻類！」

近くで、カゴに引っかかった藻を外していた綾目《あやめ》が、人差し指を立てた。

「オキアミはプランクトンだが、甲殻類なのは甲殻類らしいぞ。プランクトンとは水中を浮遊する生物の総称なだけだから――」

「うっさい」

綾目《あやめ》が衝撃を受けた顔をしたので、空木《うつぎ》は笑った。

「荒ぶってんなぁ！」

「事前に勉強はしてきたつもりだけどさ。それでも、初《しょ》っ端《ぱな》のキャストで失敗して、このわけわかんない生物の死体の雨を、超早起きさせられたなかで精いっぱい整えた髪の毛に降らせた乙女の心よ。そりゃわたしのお姉ちゃんの部屋みたいに荒れるでしょ。……投げるから、避けて」

空木《うつぎ》は鵯華《ひよどりばな》に言われるがまま距離を取る。綾目《あやめ》もう怒られたくなかったのか、こちらも橘《たちばな》に借りている竿《さお》を波返しに立てかけ、数歩遠ざかった。

鵯 華《ひよどりばな》は四・五メートルの竿《さお》を慎重に振りかぶり、かまえた状態でまた口を開いた。

「……空木《うつぎ》」

「うん」

「ちょうど『龍のカゴ釣り』を読み直したばっかだったから、空木《うつぎ》がこうやって本物の釣りを楽しんで、その気持ちと経験を下敷きにしてあれを書いたのはわかる。わたしは空木《うつぎ》の小説のそういうところ……主人公たちがものすごく楽しんでる、それが伝わってくるところが特に好きだから」

鵯　華《ひよどりばな》が苦悩するように目を閉じ、奥歯を噛《か》み締《し》める。

「設定が甘くて、構成が下手くそで、シーンのつなぎ方もぐちゃぐちゃでも、それらをぶち抜くリアルな楽しさに満ちてると思ってる。だからその一助になるんなら、たしかにこれも無しじゃない……わたしが挑戦するのもやぶさかじゃない……けど、けど……！」

鵯　華《ひよどりばな》はたぶん、キャストを怖がっている。先ほどの失敗が頭をよぎっているにちがいない。空木《うつぎ》は鵯　華《ひよどりばな》の気持ちがよくわかった。

わかりはしたが、それはそれとして、長い竿《さお》をずっと振りかぶられていると邪魔なので、告げる。

「どうぞさっさと投げてください」

「……くぅぅっ！」

びゅんっ、と弧を描いた投げ方がそれほどおかしいとは思わない。が、軸がぶれているのかリリースのタイミングが悪いのか、カゴは変に高くあがり、すぐ目の前の海にどっぽんと着水した。

ほぼ同時に、宙でずれたカゴからこぼれたオキアミが、鴨華《ひよどりばな》にぱらぱらと降った。離れた場所で煙草《たばこ》を吸う橘《たちばな》の笑い声が響いてくる。綾目《あやめ》は顔をそむけたが、それは笑ったのを隠すためだろう。

鴨華《ひよどりばな》はキャストし終わった体勢のまま、体のあちこちにオキアミを付着させ、涙目でぷるぷるしていた。

空木《うつぎ》もつい、ぷるぷるしてしまった。鴨華《ひよどりばな》の様子がおかしくて、ごちゃ混ぜになった感情で赤面しているのが愛《いと》しくて、噴き出しそうだった。

アウトドアチェアに座る藤袴《ふじばかま》が、ミニバケツを振った。

「ねー鴨華《ひよどりばな》ちゃん、やっぱあたしといっしょにあっちでビーチコーミングでもして待っててようよー」

「……いえ、大丈夫。ありがとう」

鴨華《ひよどりばな》はやがて、肩に載ったオキアミをぽいぽいっとコマセバケツに戻すと、淡々とリールを巻きはじめた。仕掛けを回収したところで、めげずに言ってくる。

その声音にどこか、決意めいた力強い響きがあった。

「ねえ、空木《うつぎ》の目標、マダイかクロダイの五十センチなんでしょ？　で、それを釣ったときの感情を小説に落とし込みたいと考えてるけど、ぜんぜん釣れてない」

「ああ、うん、そうだよ」

「空木《うつぎ》は、わたしが書いた三幕構成案を読んでないままよね？　わたしは途中で、主人公の最初の目標をライバルが先に達成しちゃって、一度はおおきく挫折する展開を提案してる。もしも空木《うつぎ》が実際にその気持ちを味わわされたら、どう？」

ばちん、と、空木《うつぎ》の世界がまたすこしだけ新しいものになる。

浮き浮きとした気分になる。

空木《うつぎ》はにんまりして、父親から譲ってもらった遠投磯竿《いそざお》を手に持った。

「鵯《ひよどり》華《ばな》がマダイやクロダイを釣ってはしゃいでるのを想像したら、それだけで面白いよ。そうなったら、たぶんはじめてのことだけど、他人からの指摘を受け入れるのも有りかもなぁ。鵯《ひよどり》華《ばな》に先を越された、っていうのは俺自身の気持ちになるから」

「じゃあ、やってやる。覚悟してなさいよ。ついでに釣ったやつはめちゃ美味《うま》い刺身にして、グルメ小説のイメージもふくらませてやるから――」

「鵯《ひよどり》華《ばな》は俺と遊ぶのを楽しんでくれてるみたいで、うれしいよ」

「……わたしの訴えを聞いてくれなくて困ってるんだから変なこと言わないで」

「あと頭のてっぺんにもオキアミ載ってる」

「それは早く言って‼」

結局この日、鵯《ひよどり》華《ばな》が釣ったのはでっかいコモンフグ一匹。

空木《うつぎ》はどうにかこれまでの最大、三十三センチのマダイを釣ることができた。

4.

……ゴールデンウィーク最終日からさかのぼること二日。

鶫華《ひよどりばな》はお気に入りのエプロンを身に着ける。

柄は猫のプリントだ。鶫華《ひよどりばな》は猫が好きだ。あらゆる動物のなかでいちばん好きだ。可愛《かわい》いからだ。物心ついたころから変わらない。しょせん人間は生来の好みからは逃れられない。つくづく思う。

連休もすっかり後半戦だ。大学生の姉および母方の祖母と、この春からいっしょに暮らしている自宅マンションのキッチン。

未明の時間で、ほかのふたりはまだ眠っている。姉はもうじき起きてくる予定ではあるが。その前に終わらせようと鉄製のフライパンを取り出し、作業をはじめて、ふとまた考えてしまった。

空木《うつぎ》のことだ。

この一ヶ月、そのことばかり考えていると言っても過言ではなかった。

「……ずっと憧れてたもん」

煙が出るほど熱したフライパンで、昨夜から醤油《しょうゆ》、蜂蜜、塩胡椒《こしょう》、オリーブオイルに漬けていた鶏もも肉を焼いて、独《ひと》り言《ご》つ。

空木《うつぎ》本人は一ミクロンも感じてないだろう。

が、鵯華《ひよどりばな》には夢のごとき一ヶ月だった。

いまでも時折、就寝直前、目をつむっていて、朝になって都内のあの一軒家に戻っていたらどうしようと考え、脈拍がばくばくと速まるときがある。

姉には笑われる。でも仕方ないじゃないか。

あの小説。

鵯華《ひよどりばな》が中学一年で、偶然読んだ空木《うつぎ》の小説――。

だれだってそうなるに決まっている。憧れ、救われ、こんなにも世界を楽しめているなんていったいどんな人なのだろう、と妄想していた人。

その人のことを実際に知ると、見た目も雰囲気も声質もいたずらっぽい笑い方もなにもかもが好みどストライクだったら。

心酔する小説の作者が、あれくらい格好良かったら。

実際にやり取りをして、その言動もその心も、小説から透けて見えていたそのままだと感じてしまったら。

恋に落ちずにいるために、強い精神力が必要だ。

胸の内で、ちがう、ちがうから、と自らに言い聞かせる毎日なのだった。

る度に。空木《うつぎ》の顔を見る度に。空木《うつぎ》と言葉を交わす度に。空木《うつぎ》の言動から空木《うつぎ》の小説の内容を想起する度に。空木《うつぎ》となにかやって楽しいと感じる度に。空木《うつぎ》と手が触れる度に。ふと空木《うつぎ》の匂いを感じる度に。身も蓋もないことを言われて咄嗟《とっさ》に反応し、はっとしたあと、空木《うつぎ》のうれしげなまなざしに気づく度に。空木《うつぎ》の小説を、自分以外の人間も楽しめるようにするにはどう工夫すればいいか考える度に。わたしは恋愛するためにここにきたんじゃない、と気持ちを律するのが大変だった。

このあいだ空木《うつぎ》からも訊《き》かれ、答えずうやむやにしたが、鵯華《ひよどりばな》はこれまで本格的にだれかを好きになったことがなかった。

だから知らなかった。

こちらに引っ越す前に通っていた中学校では、色恋話で盛りあがる同級生たちを、馬鹿なのかな？　と思っていた。イタイなぁ、とも、きっしょ、とも感じることがあった。しかしいまとなっては馬鹿なのもイタイのもきっしょいのも鵯華《ひよどりばな》自身だ。

あの同級生たちに、悪かった、なにもわかってなかった、と心で詫《わ》びる。

そばにいるとこんなにもムラムラ、ちがった、どきどきする相手が実在するなど想像だにしていなかったのだ。

姉は鵯華《ひよどりばな》が、恋しては駄目だ、と踏ん張っているのを知っている。一度、鵯華《ひよどりばな》が帰宅したあとクッションに顔を埋めて、あぁぁぁ！　と奇声を発しているところを目撃され、にやつきながら言われた。

それもう好きになってるから、無駄な抵抗じゃない？　最近の千夏《ちなつ》はすんごく楽しそうで良《い》い感じよ？

良くない。無理だとあきらめるわけにはいかない。鴨華《ひよどりばな》は精いっぱい、好き、が漏れ出ないようにしている。

その決意はちょっとしたことで決壊しそうになるし、耐えがたさでついつい自慢のコレクションがバージョンアップしていき、これやばくない？　とは自分でも思うが、鴨華《ひよどりばな》には恋愛ではなく明確な目的があるのだ。

鴨華《ひよどりばな》の母親、鴨華雪子《ひよどりばなせつこ》。

大嫌いなクソ女。

あいつより素晴らしい小説を、いつかきっと空木《うつぎ》なら書ける。

書評家、鴨華《ひよどりばな》先生としての強い直感だ。願望ではないと思いたい。

フライパンの横には卵焼き器を置いて、同時進行で卵焼きも焼く。調味料が塩だけの代わりにオイルはたっぷりだ。それから八枚切りの食パンをトーストで挟む。あとはチーズとちぎったレタス。鶏肉《とりにく》と卵焼きをカットして、バターを塗ったトーストで挟む。軽く押さえたあとで、包丁で斜めに両断。クッキングシートで包んで、コーヒーショップで持ち帰りした際にもらった紙袋に入れておしまいだ。

　直後、姉が目をしょぼしょぼさせて起きてきた。

「おはよー……」

「お姉ちゃん、おはよう。今日も付き合わせてごめんね。ありがとう。せめてお姉ちゃんの好きな物をお弁当に用意しました。コーヒー飲む？　淹《い》れよっか？」

　姉は目を細めて紙袋を見やった。

「もしかしてサンドイッチ？　卵焼き入りの？　ありがたいけど、こんなクソ朝っぱらからよーやるわ……。あんたってむかしから瞬間風速爆速というか、思い込んだら猪突《ちょとつ》猛進というか……。コーヒーはお願いします」

　姉は若干目が悪い。鴨華《ひよどりばな》は毎日夜遅くまで文字を読む生活を長いこと続けていても、両目ともに1・5はあるのに。

　血がつながっていても、似ているところはあまりない。容姿は父親似の妹と、どちらかと言うと母親似の姉だ。内面もけっこうちがう。食や趣味の好み、得意な能力も。

　ただ幼いころから仲良しだ。

　ふたりでお喋《しゃべ》りしながらお弁当以外の準備も終わらせて、玄関のところに置いていた、ぴかぴかのロッドケースを背負う。なかに入っているのはほんの数日前に買ったばかりの、三万円オーバーした遠投磯竿《いそざお》3号と二万円オーバーした汎用スピニングリールと二万円近くしたランディングシャフトと七千円くらいしたランディングネットだ。その他の荷物は昨夜のうちに姉の車に積み込んでいる。

鴨華《ひよどりばな》は、車のキーを手にする姉を振り返った。

「さあ行こうお姉ちゃん、空木《うつぎ》に教えてやるの」

心に誓う。空木《うつぎ》にどれだけきゅんきゅんしてしまったとしても、絶対に恋に落ちはしない。自分を完全に律する。好き好きだぁーい好き、はぁーしゅきぃ、といった愚かな本能に流されはしない。

自分には空木《うつぎ》の才能を自己満足でドブに捨てさせず、数多くの読者の心に届け、人類社会に還元するという崇高な使命があるのだから。

*

ついにやってきた、その日だ。

空木《うつぎ》の笑いが止まらなくなるまでには、三段階あった。

最初は鴨華《ひよどりばな》の来訪だ。午前中、空木《うつぎ》がリビングで『龍のカゴ釣り』をすこしだけ書き進めていると、呼び鈴が鳴った。

鵯華《ひよどりばな》かもしれない、とは思っていた。三十分ほど前に〝在宅してる？〟という確認のメッセージがきたからだ。しかし玄関のドアを開けた先で、鵯華《ひよどりばな》がこれほど満面の笑みで待っていたのは予想外だった。発泡スチロールの箱から取り出したものを、じゃじゃーん、とばかりに見せてきたことも。

「どうだ！　五十センチには届かなかったけどね！」

空木《うつぎ》は固まる。

それは、どこからどう見ても立派なマダイだった。

「え」

「予想してた？　ねえねえ空木《うつぎ》、こんなの想像してた？」

「……いや、それは……ぜんぜん」

「でしょ⁉　へっへー、実はわたし、連休後半は連日マダイ狙いに行ってたの。昨日は釣り場で隣に入ってきたおじさんもカゴ釣りしてて、参考にさせてもらって、そして今朝ついに釣ってやった！　いい？　これが予想を裏切って期待を裏切らないってやつなの！」

鵯華《ひよどりばな》は鼻高々だった。

「空木《うつぎ》がちっとも意識してない、エンタメの基本だよ。思い知ったか！　脳髄にまで刻んでおきなさいよ！　……はい！　釣りたてのマダイと空木《うつぎ》の写真撮りまーす。本場所優勝した力士みたいに尻尾持ってーはい行くよーにっこり笑ってーわたしの偉業を称《たた》えてー」

「あ、ああ……うん。その、……その発泡スチロールのクーラーボックスを抱えて、電車かバスでここまできたのか？」

「あはは、そんなの恥ずかしいでしょ。お姉ちゃんに車で送ってもらったんだよ。お姉ちゃんはわたしをおろして、そのままショッピングモールに行った。空木《うつぎ》、今日ご家族はいらっしゃる？」

「……母さんは昨日夜勤だったから、いまは寝てる。父さんはさっきゴルフの打ちっ放しに出かけたから、たぶんしばらく帰ってこない」

「じゃあ、ちょうど良かった。キッチン借りても邪魔にはなんないね。とつぜんで悪いけど、家に入れてくれない？　言っとくけど、わたしこれ釣りあげたとき、その堤防のちょっとしたヒーローだったからね！」

頼まれるがままに家にあげ、キッチンまで案内したころには、粉砕された思考回路が回復して、じわじわきていた。

マダイを一尾まるごと持ってきた？

こんなに脳内麻薬どばどばのハイテンションで？

というか、橘《たちばな》が部員の頼みに応えてゴールデンウィークの大半を潰すとは思えないので、鴨華《ひよどりばな》は個人的に釣りに行っていたのか？　ゴールデンウィークの、家族連れやおじさんですらりと埋まった堤防かどこかに？

その後、リビングのセンターテーブルにお皿を置かれたのが、二段階目。

腕まくりしたままの鵯華《ひよどりばな》が、相変わらず勝利を確信した笑みで、お皿の上の刺身を指し示した。ご丁寧に、大葉とねぎと大根のつまも添えられている。家の冷蔵庫になかった気がするので、鵯華《ひよどりばな》自身が用意してきたのだろう。

「へいお待ち！　どう？」

さらに醤油《しょうゆ》皿のほかに、小鉢にはごまだれらしきものも準備されている。

「このあいだ言ったよね？　お刺身を食べさせてやるって。有言実行じゃない？　そっちのごまだれは、子役時代に局のプロデューサーに連れてってもらった割烹《かっぽう》で出されて、すっごく美味《お》しかったから勝手に再現してわたしのスペシャリテにしてるの。ごはんにもよく合うから」

……ちょ、なんで笑うの⁉」

最後は、空木《うつぎ》がくすっと笑いをこぼしたとき、びっくりした鵯華《ひよどりばな》の表情だった。

事前相談ほぼなしで、出刃包丁や骨抜きや調味料を持参して、いきなり刺身を作ってしたり顔をしている人間は、だいたいのケースにおいて異常者だ。やばい奴《やつ》だ。

にもかかわらず空木《うつぎ》が笑うと、そんな反応まるで想定してなかったという顔をされた。ほんとうに、空木《うつぎ》が単にかしこまって称賛するとだけ期待していたのか。さすがは、初対面で上から目線の創作論を吹っかけてきた少女だ。いや、あのときもいまも、それだけ妙なテンションになっているのか。

そして、空木《うつぎ》の笑いが止まらなくなったせいで、その出来事は発生した。

「なんでって……、ははは、俺もあれこれ言われるほうだけど、く、ぷぷ、鵯華《ひよどりばな》といっしょにいると飽きない、あは、むかしに戻ったみたいにわくわくできる、鵯華《ひよどりばな》もたいがい、あはは、おかしな奴《やつ》だよなぁ！」

「は、……はあああっ⁉　なんっ、……なんでそんな結論になるの！」

鵯華《ひよどりばな》は、心外そのもの、といったふうに慌てた。

「わたしは思いきり常識人でしょ！　こっそりマダイ狙ってたのは努力家の証明だし、わざわざお刺身を作りにくるなんて優しいじゃない⁉　なんか空木《うつぎ》のリアクションがまた、わたしの思ってたのとちがう……、なぜ……、くっ……わたしがこの一ヶ月どれだけ……もうっ、笑うんじゃなーい！」

空木《うつぎ》の腕を、痛くない程度にぺしんっとはたこうとしてくる。空木《うつぎ》はそれがわかったから、鵯華《ひよどりばな》の手を眼前で摑《つか》んで止めた。止めたら、余計に面白くなった。

箸が転んでもおかしいスイッチが入ってしまっていた。

「あはは、鵯華《ひよどりばな》の手、魚とオキアミの臭いがぷんぷんだ、いやっ、はは、がんばってて偉いなぁとは思うよ、ふふっ、でもここまでしなくても——」

「もー！　オキアミの臭いほんっとなかなか取れないしマダイも素手で触るとけっこう臭うん

だからしょうがないでしょ！　ちょっ、嗅がないでよ、く、臭いってわかってるんだから恥ずかしい、自由人か！　こら……！」

鴨華《ひよどりばな》は無理に力を入れて、空木《うつぎ》の手を振り払おうとした。それまで気楽に笑っていた空木《うつぎ》ははっとした。鴨華《ひよどりばな》の体勢と力の入れ具合から、このままだと鴨華《ひよどりばな》がセンターテーブルのほうに転びかねないとわかったのだ。

鴨華《ひよどりばな》がせっかく準備してくれたマダイの刺身があるのに。

空木《うつぎ》は反射的に、鴨華《ひよどりばな》の体を自分のほうへと引っ張った。鴨華《ひよどりばな》は、え——と驚いて目を見開き、空木《うつぎ》と正面からぶつかった。

空木《うつぎ》は半端《はんぱ》な体勢で鴨華《ひよどりばな》の体重を支えきれず、ふたりいっしょにソファへと倒れる。

「——あだっ⁉」

そんな声を発した鴨華《ひよどりばな》が、空木《うつぎ》の上になって。

……お互いに予期せず、ほぼ抱き合うような形で。

たぶん、その瞬間。

空木《うつぎ》がまずい顔をしてしまったのだと思う。

そうでなければただのアクシデント、笑って起きあがっておしまい、もしかしたらあとで思い返してわずかにどきどきする、その程度の話だったかもしれない。

現に、鴨華《ひよどりばな》はソファの座面に手をつき、体を起こそうとしていた。転《こ》けたことが恥ずかしかったのか、まったくもう、と誤魔化しの笑みを浮かべかけてさえいた。なのに目が合うと、鴨華《ひよどりばな》の表情は激しく揺れた。

この一ヶ月で、空木《うつぎ》と鴨華《ひよどりばな》がこれほど密着したことはもちろんなかった。

空木《うつぎ》がだれかに対して、これほどまでにどきりとしたことは、なかった。

……空木《うつぎ》自身、実際にそうなるまで、自分のこんな反応は想像もしていなかったのだ。

鴨華《ひよどりばな》の吐息が頰に触れている。アーモンドのような目はきらきらしている。はばたくような睫毛《まつげ》の、かすかな震えがつぶさに見て取れる。鴨華《ひよどりばな》のおおきな胸が空木《うつぎ》の体に押しつけられている。そのやわらかさの奥にある鼓動が伝わってくる。

子猫じみた可愛《かわい》らしい顔も、緊張でやや汗ばんだ肌の温《ぬく》もりも、いまこうして抱き合った時間そのものも。……慈《いつく》しむべきもの、奇跡のようなものだと感じたことが、空木《うつぎ》の表情で鴨《ひよどり》華《ばな》に伝わってしまった。

鴨華《ひよどりばな》の顔から、笑みが完全に消えた。

情熱で覆い隠されていたものが、その瞳の底に覗《のぞ》いた。鴨華《ひよどりばな》の頰は真っ赤だ。けれどこんな至近距離で見つめ合って、たじろぐ素振りがもうない。

むしろ。

「……ひよ――」

　鴇華《ひよどりばな》はほんのひと欠片《かけら》だって表情を動かさなかった。ぼうっとしていたわけではない。空木《うつぎ》の目から一ミリも視線をそらしたくない、そんな様子だった。心の奥からなにかがとろりと流れ落ちているかのようだった。

　空木《うつぎ》は鴇華《ひよどりばな》の目つきから、ひとつの意思を感じ取った。

　理性がばらばらと剥落したあとの本心、なのかもしれなかった。

　語弊をおそれずに言えば……。

　言葉をいっさい選ばずに表現すれば……。

　好き好きだぁーい好き、はぁーしゅきぃ、というような…………。

　鴇華《ひよどりばな》は無言だった。無言のままで、その目を閉じた。

　十数センチの距離が気づけば数センチの距離になり、空木《うつぎ》が理解するより早くゼロになる。

　鴇華《ひよどりばな》の唇の、嘘《うそ》みたいなやわらかさと、体の芯をぞくぞくさせる唾液の感触と、自分のものと混ざり合って二度と分けられない吐息。

　鴇華《ひよどりばな》からのキスで、ばちん！　と空木《うつぎ》の頭のなかが一気に通電した。思考がクリアになってなにもかもが見通せる、なんでもできる、どんなものでも書ける、いま、このときだけは世界のすべてが自分を中心に回っている、そう信じられそうだった。空木《うつぎ》がずっと、祖母が亡《な》くなって以降、心のどこかで求め続けていたものを実感した。

この世界は、いちばん大好きな人を喪《うしな》ったあとでもまだ、まだまだまだ、空木《うつぎ》の知らないものにあふれ、空木《うつぎ》の感情を揺さぶる美しさに満ちている。

鴨華《ひよどりばな》が、まるで覚めない夢を見ている顔で、唇を離した。

名残惜しそうに、鴨華《ひよどりばな》の頭ではなく体が離れるのは嫌だと抵抗しているかのように、ゆっくりと。

鴨華《ひよどりばな》が離れ、直接伝わってきていた鼓動が離れてはじめて、空木《うつぎ》は、ばくん、ばくん、と脈打つのが自分の鼓動でもあったのだと把握できた。先ほどの呼びかけの続きを口にしようとして、一度失敗したあとでやり直し、なんとか声を発した。

「…………どり、……ばな……——！」

それが鴨華《ひよどりばな》の夢を覚めさせた。

鴨華《ひよどりばな》の顔中に、ぶわっ、と脂汗の粒が浮かぶ。鴨華《ひよどりばな》はとっくに真っ赤だった顔をもっとゆでだこにして、ほとんど飛び跳ねる動きで後じさった。

「ごめっ……ごめん空木《うつぎ》‼　え、あれっ、……わたし、こ、こんなっ……つもりは！　なんで、わ、わわ、わたし——ひゃあ⁉」

鴨華《ひよどりばな》が後退しすぎてソファからずり落ちた。尻餅をつくのと仰向けの中間じみた不格好な体勢になった鴨華《ひよどりばな》に、空木《うつぎ》は自然と近づいて、その手を握った。鴨華《ひよどりばな》はより焦《あせ》ったが、空木《うつぎ》は気など遣っていられなかった。

いま、なんの余裕もないのは空木《うつぎ》のほうだった。

「──……わかった」

「は、はえっ⁉　なにが⁉」

「よくわかったんだ。……やっとわかった！　最初に鵯華《ひよどりばな》と会ったときからあった予感の正体。それに俺が鵯華《ひよどりばな》に感じている気持ちと、……鵯華《ひよどりばな》が入部してから引っかかっていたものの正体。ある程度の、よりも先にあるものだよ！」

頭蓋骨のなかで、無限の閃《ひらめ》きがばちばちと明滅し続けている。

胸の奥で、これまでに知らなかったものが燃えている……！

「こんな気持ちがあったなんて、いちばん楽しかった時期にも知らなかった！　俺がやりたいのは……鵯華《ひよどりばな》を書くことだ！　鵯華《ひよどりばな》そのものを、俺の小説にしたい……‼」

ここまでに動揺しすぎて、心に動揺していない箇所などもう残ってなさそうだった鵯華《ひよどりばな》が、さらなる動揺の叫び声をあげた。

「え……ええええぇぇっ⁉」

空木《うつぎ》の信念は幼少期からひとつも変わっていない。

やりたくて、やる。

楽しそうだと感じたから、そうする。

第二章　主人公とヒロインになるためのきっかけ

5.

鴇華《ひよどりばな》はとりあえず慌てていた。

「ちょ、ちょちょちょっと空木《うつぎ》、その、顔、顔近い近い！　いま、ついつい、がっつりちゅーしちゃったわたしが言うのも変だけど！　近っ……て、照れるから！　照れるからもうすこし離れ――」

「自分でもずっとふしぎだったんだよ！　俺が鴇華《ひよどりばな》にどんな感情を持っているのか。はじめから、……鴇華《ひよどりばな》が会いにきたときから特別な感じがした。実際に喋《しゃべ》ると余計に……入部してからはさらに、その感覚が際立《きわだ》った」

空木《うつぎ》は鴇華《ひよどりばな》の片手を両手で握ったまま、熱に浮かされて続ける。

「これからのぜんぶが面白くなりそうに思えたし、嫌なことだって忘れられた。どうして鴇《ひよどり》華《ばな》にだけそう感じるのか、ようやく理解できた。いまのキスと、鴨華《ひよどりばな》の……好き好きだぁーい好き、はぁーしゅきぃ、みたいな目で！」

「しとらんわそんな目は！」

「確実にしてたけど、いまはいい！　俺が、鴨華《ひよどりばな》の匂いが好きだって話だ！」

鴨華《ひよどりばな》は一瞬、きょとん、とした。

「……オキアミとマダイ？」

「ちがう！　鴨華《ひよどりばな》のもともとの匂いだ。それだけじゃない。顔もだ」

「え、……えっ⁉」

「雰囲気もだ。声の響きも好きだし、多彩そのものの表情もそうだ！　初《しょ》っ端《ばな》から空気を読まずに創作論を語り出すその猪《いのしし》武者《むしゃ》っぷりもそうだし、それを支える懸命な情熱が透けて見えるのも好きだ！」

「空木《うつぎ》、わたし、その」

「俺の返事が想定外だったとき、見るからに動揺する反応も面白い。俺の小説のファンだと言ってくれてるのも新鮮だった。まったく知らない感情だったから、すぐにはわからなかったんだ……俺が鴨華《ひよどりばな》に感じたのは恋の予感だった！」

鴨華《ひよどりばな》は言葉にぶん殴られた顔になる。

「こ、……ここ、こ――⁉　う、空木《うつぎ》それ言ってて恥ずかしくないの？」

「恥ずかしくない！　ひと欠片《かけら》も！」

「それでよくさっきのわたし笑ったよね⁉　空木《うつぎ》こそ脳のブレーキ壊れてない⁉」

「俺はきっと、自分が鴨華《ひよどりばな》に恋しそうだと無意識には感じてて、未知のその感情を書きたくなる、楽しくてたまらなくなるのを直感してて、鴨華《ひよどりばな》の存在にあんなにわくわくさせられてた。そして実際にいま！　強くそう思ってる……！」

「わた、……しを、書きたい……？　空木《うつぎ》の筆で？　空木《うつぎ》の小説として？　わたしの好きな……わたしが憧れてた、空木《うつぎ》の小説に……わたしが」

「俺は鴨華《ひよどりばな》が好きで……、なるほど、これが恋なんだとはっきり自覚できた、俺はこの感情を小説にしてみたいんだ。俺がいままでに書いたことのないもの、はじめて切り取る感情だよ。俺に鴨華《ひよどりばな》を書かせてほしい……！　駄目か？」

「だ、……駄目なわけ、が——！」

鴨華《ひよどりばな》は即答しかけて、はたと思いとどまった。

いったん、口をつぐむ。

だがそれはためらいや拒絶感によるものではなかった。

鴨華《ひよどりばな》の顔には、湧きあがる喜びの色があった。なにかを閃《ひらめ》いた様子で、空木《うつぎ》の手をぎゅうっと握り返してくる。

鴨華《ひよどりばな》は、へっへっへっ、と悪巧みの笑みを刻む。

不敵に言ってくる。

「――空木《うつぎ》、わたしのことを題材にしたくて仕方ない？」

「書きたくて仕方ないよ」

「ふふ、じゃあひとつ訊《き》く。わたしという個人を題材にするのなら、なんでもかんでも空木《うつぎ》の好き放題に書けるのとはちがうとわかってる？　わたしが書いてほしくないことは、書けないよ。例えば、わたしがおしっこに行ったとして、トイレについてきてそれを観察して書くのはどう思う？」

思わぬ問いかけだった。

空木《うつぎ》はやや驚きながら返す。

「それは……、鴨華《ひよどりばな》がおしっこを書いてほしいなら、まあ……」

「ちがうわ！　そんなのは書かないでしょってこと！　いくら空木《うつぎ》が書きたかったとしても、わたしの下着の色や形をフェイクなく描写する？　しないよね？　それは論理的には、わたしの嫌がることはNGにする、というのと同義よ。……空木《うつぎ》がわたしを書きたいなら、ふたつ条件がある」

鴨《ひよどり》華《ばな》は空いている片手で、空木《うつぎ》の胸を小突いた。

「ひとつ目は、ちゃんとエンタメの構造をもった小説に仕上げること。だらだら書き殴っただけの連続をわたしだと言われるのは、おしっこの時間や音を描写されるのとおなじくらい嫌。

空木《うつぎ》はわがままな作家だと思うけど、わたしだってわがままだから。要するに、わたしの指導通り三幕構成を利用して書いて？」

「……三幕構成」

「はじめて、真正面から話を聞いてくれたね。作家によってちがうけど、少なくともわたしは三幕構成が最も実践的な創作技術で、エンターテインメントとしての形を整えるためのいちばんの近道だと考えてるから」

「もうひとつの条件は、なに？」

空木《うつぎ》が尋ねると、鵯華《ひよどりばな》はなぜか一度、センターテーブルのマダイの刺身をちらと見た。……なにか腹案があるかのように。それから再び空木《うつぎ》に向き直り、おおきく深呼吸をした。続けてくる。

「ねえ空木《うつぎ》。これもわたしなりの解釈だけどね、物語というものがいったいなにかと言うと、突き詰めれば conflict の連鎖よ。小説でも映画でも漫画でもアニメでもぜんぶおなじだとわたしは思ってる」

「コンフリ……クト？　なんだっけ、その単語」

「日本語のハウツー本では、葛藤、と訳されているのが一般的で、もちろんそれも正しいんだけど、イメージとしてはピンときづらいよね。わかりやすく言えば、衝突や対立、でもある。空木《うつぎ》の小説には足らないことが多い。エンタメには外にも内にも conflict があったほうが絶対に良《い》い。空木《うつぎ》、ひとつ考えてみて？」

「なにを」

「古今東西、人類が最も興味を抱き続けてきたconflictの源泉はなんだと思う？　原始の時代から未来までたぶん変わらず、人の関心を普遍的に惹《ひ》く現象。ふたつ挙げて？　ひとつはおそろしいもの、もうひとつは素晴らしいもの」

空木《うつぎ》は真面目に考えてみた。なんせ、この会話にはどうすれば鴇華《ひよどりばな》が小説の題材になるのを許容してくれるかがかかっている。

自信があるわけではなく、答える。

「………死と愛？」

「お？　そうよ。世の中の名作の、すべてではないにせよ多くがテーマの一部に含めているものでしょ。わたしは、そのふたつがホモ・サピエンスを最も惹《ひ》きつけるものだと思ってる。だから後者を使って、……その、えっと、……恋愛小説」

鴇華《ひよどりばな》が急に、もごもごと言いよどんだ。

空木《うつぎ》は首をひねった。

「鴇華《ひよどりばな》？」

「……恋の話はだれもが共感できる。この世に生まれて、天寿を全うするまでに一度も恋しない人間は少ないから。エンタメの王道でもある……」

鴨《ひよどり》華《ばな》はまた赤くなって、ぶつぶつと続けた。

「もともと海外でも類似作品は多くあったけど、わりと日本で発展した感じもある……というか……日本の創作文化と親和性が高い……というか……、わたしと空木《うつぎ》にはちょうど良さそうだし、なんかもうそれがいちばん都合良さそうで……」

「なんかもにょもにょしすぎじゃないか？」

「う、うっさいな、……とにかく、つまりあれよ、……ラブコメディ!! わたしと空木《うつぎ》が、いま、このときから付き合って、実際の日々の出来事と感情を下敷きにして、そのリアリティをもって、エンタメ性ごりごりの小説に仕上げる！ これがふたつ目の条件で、これなら空木《うつぎ》のやり方とわたしの教えたいことがなんら矛盾しない――！」

「――ラブコメ」

空木《うつぎ》はつぶやいた。もったいぶったわけでも、抵抗感があったわけでもなく、ただ想像してみたのだ。戸惑ってもいなかった。イメージはすんなりと広がった。

鴨《ひよどり》華《ばな》は、空木《うつぎ》からの返事がすぐにないので、急激にそわそわしはじめている。空木《うつぎ》と目が合うと、鴨《ひよどり》華《ばな》は改めてどきりとしたようだった。

空木《うつぎ》は、あは、と笑った。

それで鴨《ひよどり》華《ばな》を書けるのであれば是非もなかった。

「乗った。鴨《ひよどり》華《ばな》」

……空木《うつぎ》と鴨華《ひよどりばな》はその後、お茶で気持ちを落ち着けて、乾く前にマダイの刺身を食べはじめる。母が寝ぼけ眼で起きてきたのはそんなタイミングだった。鴨華《ひよどりばな》はふいの遭遇に慌てて、足の小指をソファにぶつけたり、自己紹介で噛《か》んだりといくつかのドジを踏んだが、それはまたべつの話。

＊

鴨華《ひよどりばな》は可愛《かわい》い。

それは藤袴《ふじばかま》が日々、痛感していることだ。

ゴールデンウィークが明けて二日。

昼休みの学生食堂にて。

藤袴《ふじばかま》は鴨華《ひよどりばな》に遭遇した。

「あ。藤袴《ふじばかま》」

「……鴨華《ひよどりばな》ちゃん」

鴨華《ひよどりばな》は冷たいそばだけが載ったトレイを手にしており、それに比べて、藤袴《ふじばかま》が頼んだのは生徒間で〝爆食いセット〟の異名を持つCセットで、なんだか恥ずかしかった。

受け取ったトレイを思わず、体の向きを微妙に変えて隠してしまう。が、鴨華《ひよどりばな》は気にした様子もなかった。……当然だよね、と藤袴《ふじばかま》は自嘲ぎみに考える。こんなにも可愛《かわい》い子なら、下々の人間の体形ごとき眼中にないに決まっている。

鴨華《ひよどりばな》が笑顔で誘ってきた。

「せっかくだから、いっしょに食べよっか？」

「……鴨華《ひよどりばな》ちゃんは、友達と約束してないの？　だいじょぶ？」

「うん。今日はだれとも約束してないよ。行こ」

天気が良く、席も空いているのが見えたため、テラスに移動する。

鴨華《ひよどりばな》はだれとも約束していないと言ったし、事実なのだろうが、移動途中に何人かの生徒に声をかけられたり誘われたりはしていた。いっしょにいるだけで、常にだれかからの視線を感じた。この子は人気者だなあ、そりゃそうだよねぇ、と藤袴《ふじばかま》は思う。藤袴《ふじばかま》とは送ってきた人生がまったくちがうだろう。

なんでこんな子が空木《うつぎ》の小説なんぞのファンなんだ？

空木《うつぎ》の小説なんて、幼なじみのひいき目をもってしてぎりぎり読み通すことができる程度のクオリティなのに。

ただ、超・文芸部はこの子が入部してあきらかに活気づいた。

……超・文芸部は空木《うつぎ》が空木《うつぎ》のためにやっているような部であり、空木《うつぎ》が落ち込んでいればその活動が鈍るのは当然のことだ。藤袴《ふじばかま》も綾目《あやめ》も、空木《うつぎ》がいるからこそ超・文芸部に所属しているだけだ。

落ち込んでいた、と言っても空木《うつぎ》は空木《うつぎ》だ。あれこれ考え、あれこれ活動はしていたし、それほど親しくない者たちからはそれまでと変わらぬ自由奔放の唯我独尊マンに見えていただろう。が、藤袴《ふじばかま》と綾目《あやめ》の目は、空木《うつぎ》がふと寂しそうな、つまらなそうな顔をする瞬間を何度も捉えていた。

無理もない。

藤袴《ふじばかま》は空木《うつぎ》がどれほどお祖母《ばあ》ちゃんっ子だったかを知っている。去年の夏に祖母が亡《な》くなったのは、空木《うつぎ》にとって間違いなく人生最大級のダメージだったはずだ。

……空木《うつぎ》のその雰囲気が、鵯華《ひよどりばな》の出現で変わったように思うのだ。俄然《がぜん》楽しそうになった。

そしてそれは絶対に良《い》いことだ。疑うべくもない。空木《うつぎ》の気持ちにつられて、綾目《あやめ》もどこかうれしそうだ。綾目《あやめ》は空木《うつぎ》の小説ではなく、空木《うつぎ》本人の信者じみたところがある。藤袴《ふじばかま》だって、良かったと頭では考えているが――。

「あのさ、藤袴《ふじばかま》。ひとつ訊《き》いてもいい？」

食事を半分ほど終えたところで。

鵯華《ひよどりばな》が、話題を漫画からがらりと変えた。

「藤袴《ふじばかま》は、空木《うつぎ》と長いんだよね？」

「……んー、まあ腐れ縁ってやつ？　家が近いの」

藤袴《ふじばかま》はどきっとしたのを押し隠して、とんかつをかじりながら話す。

「近所の公園で、あたしが一歳で空木《うつぎ》がまだ生後何ヶ月かってくらいのときに出会ったんだって。あたしはとーぜん、憶《おぼ》えてないけどねえ。空木《うつぎ》がすっごい表情豊かでよく笑う赤ちゃんだったから、あたしのママが思わず声かけたみたい」

「へぇ。赤ちゃんのころからずっと友達ってすごいね。気が合ったんだろうね。……まあ、うん、空木《うつぎ》が可愛《かわい》い赤ちゃんだったのはなんとなく想像できるよ」

鵯《ひよどり》華《ばな》は冷水を飲み、話を続けた。

「空木《うつぎ》って、完全に自分の楽しさと思いつきばかりで生きてる自己中野郎だけど、見てくれは良《い》いもんね。……我をぐいぐい押し通すあの強さを魅力的に感じる女の子も、たぶん、そここいるだろうし」

「え、……えぇ？　そうかな？　あたしも綾目《あやめ》も振り回されてばっかだよ」

「藤袴《ふじばかま》は空木《うつぎ》を、どこかのタイミングで、素敵だなとは思わなかったの？」

一瞬、動きも呼吸も止めそうになった。そのわりには上手《うま》く誤魔化せたと思う。

藤袴《ふじばかま》はソーセージを食べて、笑った。

「あたしが？　空木《うつぎ》を？　あっはは、無理無理！　ないよない、完全に無理」

心のどこかで声が聞こえた気がした。

――嘘《うそ》だ。

鴨華《ひよどりばな》が重ねて訊《き》いてくる。

「じゃあ、例えばほかのだれかが空木《うつぎ》と恋人同士になっても、藤袴《ふじばかま》は悲しんだり寂しがったりしないのかな」

「あったりまえ！　ぜーんぜん、ってかむしろ、そのだれかに同情しちゃうよ！　そりゃあたしも空木《うつぎ》を好きは好きだけど、そういうんじゃないからねえ」

——嘘《うそ》だ。

「そうなんだ」

「そーそー！　空木《うつぎ》はときどきモテるけど、たいてい空木《うつぎ》がどういう人間かも知らない、見た目だけで判断してる頭すっからかん女ばっかだから！　空木《うつぎ》もだれかと付き合ってみりゃいーのに、そういう女振っちゃうんだよ」

藤袴《ふじばかま》は白身魚フライに箸を伸ばして言いながら、また、どきりとするものを感じた。

自分の話が笑ってしまうくらい欺瞞《ぎまん》に満ちていたからでもあるし、鴨華《ひよどりばな》がどこかほっとした表情になったように思えたからでもあった。

気のせいか？　藤袴《ふじばかま》自身の不安がそう見せただけかもしれない。わからないが、いたたまれなくなり、ちがう話を振ろうと思った。

「それより鴨華《ひよどりばな》ちゃんこそ大変だよねえ！」

「うん？　大変って、どういう意味で？」

「すでにプロ作家で、鴨華《ひよどりばな》先生という書評系動画配信者としても忙しいだろうに、だよ。入学した学校にたまたま気に入ったアマチュア作家がいて、いろいろ教えてやろうとしてるのに聞く耳持たずなんて。世の中には、鴨華《ひよどりばな》ちゃんに推してもらえるんなら諸手《もろて》を挙げて喜ぶ奴《やつ》腐るほどいるっしょ?」

鴨華《ひよどりばな》は笑った。

「腐るほどではないにしても、そうかも。ありがたいことに」

「あたし、鴨華《ひよどりばな》ちゃんが用意してきてた『龍のカゴ釣り』の構成案? あの文章を読んで、こんなふうに考えるんだなあと感心したよ。なのに空木《うつぎ》ったら、頭に入らないとか抜かしてやがったもんねぇ……」

「あは、空木《うつぎ》がなんであそこまで頑《かたく》なに他人の意見聞こうとしないのか、相変わらずわたしも意味わかんないよ。その自意識が空木《うつぎ》の個性に、描写のひとつひとつに込められた感情の強さにつながってもいるんだろうけどさ」

……鴨華《ひよどりばな》がわたし〝も〟と言ったことに。

多少の優越感を覚えている自分に気づいて、藤袴《ふじばかま》は軽い自己嫌悪《けんお》に駆られた。

も、ではないのだ。藤袴《ふじばかま》は空木《うつぎ》が小説を書きはじめた動機を知っているので、空木《うつぎ》が自分の感性以外のものを混ぜたがらない理由も理解できている。

自分が知っていることを、鴨華《ひよどりばな》は知らない。

それが、ほのかにうれしい……。

藤袴《ふじばかま》は、ははは、と笑みをこぼした。

「空木《うつぎ》、小説に関してはむかしからそうなんだよねぇ。鴨華《ひよどりばな》ちゃんががんばって、三幕構成？　とやらを教えようとしても無駄骨かもよ？」

鴨華《ひよどりばな》は一度そばをすすった。そばのすすり方まで、下品さの欠片《かけら》もなく可愛《かわい》らしいのが、藤袴《ふじばかま》の、もともとちっぽけな自信をひび割れさせてくる。なにもかもが絵になっている。藤《ふじ》袴《ばかま》とはなにもかもがちがう。

疑問がかすめる。

これだけ魅惑的な子に対しては、空木《うつぎ》でさえ、恋しかねないのだろうか——？

「——藤袴《ふじばかま》？」

はっと我に返る。

鴨華《ひよどりばな》がふしぎそうに小首を傾《かし》げていたので、慌てて首を振る。

「う、ううんなんでもない。あ、あはは、そばも美味《おい》しそうだなと思っただけ！」

「この学食のそば、よくある小麦粉の比率のほうが高いやつじゃなくて、ちゃんとそば粉八割の二八そばなんだって」

「へ、……へー。知らなかった」

「美味《おい》しいよ？　……たしかにね、藤袴《ふじばかま》が言った通り、空木《うつぎ》相手じゃどれだけ懸命に創作の技術論を語っても無駄かもしれない。そういうのを頭に入れないようにする癖がついてそうなんだよねー。仮に本人がやる気になっても、その癖が邪魔して、筆にまで乗らない気がする。でも」

鴨華《ひよどりばな》はなにやら、んふふ、と自信ありげな顔になった。

「な、なに？　鴨華《ひよどりばな》ちゃん？」

「実は、良《い》いアイデアを思いついたの。現在、頭のなかで調整中」

「……アイデアって？」

「へっ？」

「わたし、四十何センチかのマダイを釣って、空木《うつぎ》を驚かせてやったんだけど」

「そのときには、予想を裏切って期待を裏切らない、というものがちゃんと伝わったみたいだったから。理屈じゃなくて実感で、空木《うつぎ》の思い込みを切り刻んでやればいいと考えたんだ。肉を切らせて骨を断つ的な感じにはなるかもしれないけど、言葉じゃなくて、わたしとの

「…………」

鴨華《ひよどりばな》は答えかけて、やめてしまった。

藤袴《ふじばかま》はなぜか軽い胸騒ぎを覚える。

「どしたの？」

「……藤袴《ふじばかま》が漏らすと思ってるわけじゃない。けど、最初に伝えてびっくりさせるのは空木《うつぎ》本

人にしたいから、まだ秘密っ」

鴨華《ひよどりばな》の笑い方は、藤袴《ふじばかま》の目にもまばゆいほどに茶目っ気たっぷりだった。

あぁ、この子に自分が勝っている部分なんて一個もないよなあ、と藤袴《ふじばかま》は思う。

それでも、ふと、ほんとうに脈絡なく、思い出した記憶があった。

藤袴《ふじばかま》が小学三年生、空木《うつぎ》が小学二年生のころだ。

藤袴《ふじばかま》たちの家の近所——この学校の近所でもある公園で、六人か七人程度で遊んでいるときだった。

普段見かけない、中学生の不良がひとりでふらりとやってきて、藤袴《ふじばかま》たち小学生のグループに絡《から》みはじめた。当然みんな怖がって、その反応に気を良くした不良は、あろうことか強要をはじめた。おい、あっちのスーパーで菓子を盗んでこいよ、と。いま振り返れば笑えるほどに馬鹿丸出しだが、当時の藤袴《ふじばかま》は恐怖に震えあがったし、ほかの多くの友達もそうだった。泣く子だっていた。

そんななかで空木《うつぎ》だけは平然と、面と向かって言ったのだ。

頭おかしいんじゃねぇ？

不良はびっくりして、何秒か固まっていた。怒鳴るかどうか迷ったあげく、ばつの悪い顔をしてどこかに歩いていった。あれ以来、そいつは一度も見かけていない。

鴨華《ひよどりばな》はむろん、このエピソードも知らない。空木《うつぎ》も、本人にとっては日常茶飯事すぎて、憶《おぼ》えていないかもしれない。ということは、これはこの世界で藤袴《ふじばかま》だけが知っている空木《うつぎ》の思い出なのかもしれなかった。

……今年の二月、雪が降った朝に、藤袴《ふじばかま》は空木《うつぎ》に対して変な奴《やつ》だと言った。でもちがう。あれは照れくさくて、そうとしか続けられなかっただけだ。

藤袴《ふじばかま》は、ほんとうはこう伝えたかった。

空木《うつぎ》はさあ、格好いいよねえ——。

鴨華《ひよどりばな》というあまりに強大なライバルの出現で、藤袴《ふじばかま》はついに自覚させられてしまった。

藤袴《ふじばかま》は空木《うつぎ》が好きで、それは弟としてとか友達としてとかではない。付き合いたいとか、結婚したいとか、えっちしたいとか、そんな意味での好きだった。出会ってから十七年、たぶん、どのタイミングでもそうだった。

いまさらすぎるのはわかっている。それでも、毎日楽しそうな空木《うつぎ》と鴨華《ひよどりばな》を、ただ指をくわえて見ていられる程度の気持ちではないのだった。

6.

小説のタイトルは『ザ・フューネラル・ストーリー』だ。

フューネラル、とは葬儀、葬式、告別式を示す。葬送物語、といったところか。著者は、鵯華《ひよどりばな》千夏《ちなつ》。タイトルは賞に応募したときから変えていないらしい。鵯華《ひよどりばな》のデビュー作にして、現在までの唯一の著作でもある。

　エベレストでの遺体回収を題材にした物語だった。

　主人公は、著名登山家だった母親の許に生まれた女子大学生だ。彼女自身も大学で山岳部に所属しているが、その心にはぽっかりと穴が空いている。母親が数年前に、エベレストのデスゾーンで行方不明になっているからだ。

　あるとき、フランスの登山チームが発見した遺体が、主人公の母親のものかもしれないと判明し、主人公は父親といっしょに〝母親の遺体を回収しに行く〟というプロジェクトを立ちあげる。デスゾーン内にあり、腐敗もしない遺体を回収するには当然、多大な困難があり多額の資金も必要となる。主人公は企業にアプローチをかけ、スポンサーとしての資金協力を取りつけ、そのプロジェクトはメディアにも取りあげられる。世間の注目のなかで恋人と仲違《なかたが》いし、日常は失われるが、それでも主人公は目標に向かって邁進《まいしん》する。

　それらの様子を描いたのが前半であり、実際に中盤で、遺体の回収に成功する。

　しかし回収時、遺体の状況から、母親は単に遭難したのではなく何者かの意志で殺されたのではないかという疑いが浮上する。

　主人公は当時の母親のチームメンバーたちを調べていき、ついには犯人を見つけ出す。だがそこでどんでん返しだ。主人公が実行犯を探していたのは、黒幕を問い詰めるための証言を得るためだった。主人公は最初から、母親を殺させた黒幕は父親ではないかと考えており、遺体回収のプロジェクト自体、そのために企画したものだった。主人公は父親との対峙《たいじ》のなかで、母親がほんとうはどんな人間だったのか、母親がどのように夫と娘を裏切り、その結果として悲劇が起きたのかを知り——というのが、おおよそのあらすじだ。

読み終えた空木《うつぎ》はスマートフォンをテーブルに置き、残っていたコーヒーに口をつけた。すっかり冷めている。

土曜日の夕方だ。本日休みの母親は、すでにキッチンで夕食の支度をしてくれている。空木《うつぎ》はひと呼吸してから、思わずうなった。

「…………マジかよ鵯華《ひよどりばな》」

ゴールデンウィーク最終日の翌日に『ザ・フューネラル・ストーリー』を電子書籍で購入し、この数日間で勉強や部活の合間に読み進めていたのだった。

……これを中学二年の終盤で書いたなんて正気か？

出版に当たってかなりの改稿があったにせよ。

空木《うつぎ》は文句なしに感心していた。

こんな人間がこの世にいる、という事実に驚くほどだった。

この出来映えで母親が有名作家なのだから、一部の人間から、ほんとうは大半を母親が書いたのではないか、との疑いを持たれてしまうのも、ある程度は避けられないことだと思えた。

ほかには、考証ミスが多い、母親が執筆あるいは監修していたならこんなにミスがあるはずがない、といったレビューも散見されたので、登山に詳しい人間からすれば間違いもあるのだろうが、空木《うつぎ》のような一介の高校生に気になる箇所はない。

文章に関しては、空木《うつぎ》が偉そうに言えるものではないが、読みやすい平坦《へいたん》な文体で、特筆するものはなく感じた。だからといって、空木《うつぎ》が実際に書きたいか書きたくないかは置いておいて、これが書けるかと問われれば書けるわけがないと判断できるクオリティではあった。単に経歴として聞いただけとはちがい、実際に読むとひしひしと、鵯華《ひよどりばな》に対して別世界の人間のように思えた。

それゆえに。

「……なんで、こんなのを書ける人間が」

でっかい謎が頭をよぎる。

「俺の小説のファンだなんて言うんだ？　鵯華《ひよどりばな》自身もふくめて、俺より才能ある奴《やつ》はごまんといるだろ。わっかんないな」

いったいなぜ空木《うつぎ》に拘《こだわ》る？

あんなふうに苦労しながら。困惑しながら。怒りながら。

オキアミをかぶって涙目になりながら。

やっぱり変人？　物好き？　苦行が好きなのか？　と首を傾《かし》げたところで、視界の隅に映ったスマホが気になった。電子書籍のアプリを開いたままだったので、それを閉じるためにスマホに手を伸ばす。

途端、ちょうどスマホが鳴った。

「お」

空木《うつぎ》のその反応とスマホの着信音を、キッチンにいる母は見逃さなかった。

「樹《いつき》ぃ、だれからー？」

「……いや、母さんそのにやにやした声、鵯華《ひよどりばな》だと思ってるだろ」

「そうでしょお？　いやぁ、だってだって、すんごく可愛《かわい》い子だったもんねぇ？　ふつうの青春なんか興味ないですーみたいな顔してる樹《いつき》も、さすがにあんな可愛《かわい》い子だと——」

「——はい」

母の話を最後まで聞かず、リビングから出ながら通話に応じる。母の推測は合っている。鵯《ひよどり》華《ばな》だ。空木《うつぎ》がたったいま『ザ・フューネラル・ストーリー』を読了したと伝える間もなく、用件から切り出してきた。

『空木《うつぎ》、明日は部活の予定入れてないままだよね？』

「え、ああ、うん。無料タクシー——じゃない、橘《たちばな》先生はデートらしいし」

『うげえ、……ま、それはいっか。橘《たちばな》先生がお金の発生するやつを楽しんでるあいだに、こっちはお金の発生しない本物のやつを楽しまない？　明日、空木《うつぎ》が時間を作れるんなら、わたしと三幕構成デートしましょ』

「え、なんかやだ」

空木《うつぎ》が即答すると、通話の向こう側で地団駄を踏む気配があった。

『………………………………また、こいつは……。……たしかにね、わたしの言い方も悪かった。空木《うつぎ》が技術のお勉強みたいなの嫌いなのわかってたのに、自分のテンションあげたくて前面に出しすぎたね。……でも、空木《うつぎ》も忘れてない？』

「なにを」

『空木《うつぎ》の小説の題材になる条件を。……いいから、やるの！　こっちは空木《うつぎ》も面白いと感じられるように……妙な抵抗感覚えないように考えてるんだから！　三幕構成を憶《おぼ》えるのが、空木《うつぎ》がわたしを書くための第一歩！　空木《うつぎ》にとってもはじめての本物のデートだよね？　ぐだぐだ言わず可愛《かわい》い彼女のがんばりを楽しんで！』

「……はい、すみません」

鵯華《ひよどりばな》の剣幕に思わず謝ってしまいながらも、頭にはばちばちばちんと小さな火花が連続して散っていた。

鵯華《ひよどりばな》とのデート。想像したら、三幕構成というぜんぜん興味のないフレーズがくっついていても印象はそう悪くない。

空木《うつぎ》自身、たしかに、恋した相手とのデートははじめての経験である。ごくシンプルに、どきどきするものはあった。そして、それとはまたちがった意味での昂揚《こうよう》もあった。鴨華《ひよどりばな》にとっても、空木《うつぎ》という恋人との最初のデートなのだ。

期待するなと言うほうが無理だ。

なぜって、鴨華《ひよどりばな》の新たな一面を見られるにちがいないのだから。

小説にしたくなるような——つまりは空木《うつぎ》の心を惹《ひ》きつけるものが。


日曜日、午前十時半。待ち合わせは、街中ど真ん中だ。

時間は鴨華《ひよどりばな》が、場所は空木《うつぎ》が決めた。

値段を尋ねたら一点ごとに万超えの回答がありそうな、おしゃれな私服姿の鴨華《ひよどりばな》といっしょに目的の店へ向かう途中で、空木《うつぎ》はふしぎに思う。

空木《うつぎ》が歩きながら目を通しているのは、先月の部活中でもそうだったように、鴨華《ひよどりばな》がひとりで書いて印刷してきたあらすじのようなものだ。が、以前と似た体裁ではありながらもいろいろとちがっていた。

空木《うつぎ》は首をひねって、鴨華《ひよどりばな》に目をやった。そのときちょうど、鴨華《ひよどりばな》はスマートフォンを空木《うつぎ》に向けていた。

「鴨華《ひよどりばな》、なんかこれ、登場人物が空木《うつぎ》と鴨華《ひよどりばな》になってるな。もしかして今日のデートの台本みたいなことか？　っつーかいま俺の写真撮ってた？」

「……撮ってないよ？　スマホ見てただけです。あと、台本じゃなくてプロットと言ってくれない？」

「プロッ……ト？」

鵯華《ひよどりばな》は銃で撃たれたような顔をした。

「えっ⁉　……マジ？　子供のころからずっと小説書いてきた人間で、そんなことありえんの……？」

「そう言われてもさぁ」

「……プロットは、小説のみならず創作物全般で使う。実際に書く前に、筋書きや登場人物をほどほどの長さにまとめたものよ。書き方は人によるけどね、起承転結……起承転結はわかるよね？　いくらなんでも？　その起承転結をまとめたものが基本。……空木《うつぎ》ってもしかして、これまでに書いた小説ぜんぶ本文から書きはじめてたの？」

「あ、……それは、うん」

「逆にすっごい……。プロットなしで書くプロ作家の話もたまに聞くけどねぇ……。そういう人も頭ではけっこう考えてると思うけど、空木《うつぎ》はそこもあんまりないんでしょ？　……なるほど。だから物語の途中で無理やりになってて、でも筆にパワー自体はあるから、一応は完成までいけちゃうのか……」

「ふつうは、そのプロットとかいうのを先に書くんだ？」

「少なくともわたしは、プロットなしでまともに書きあげるのは短編でも無理かな。空木《うつぎ》がわたしとのラブコメディを書くときも、プロットは作ってもらいます。プロットの段階から、しっかりチェック入れるからね」

「はいはい。で、このプロットが昨日の三幕構成デートって言い回しの正体なわけだ。デートを三幕構成とやらに沿って行うつもりなのか？」

「その通り。実践しながらだと、いかな空木《うつぎ》と言えど頭になにも入らないってことはないでしょ？　加えて、わたしはちょっとした〝遊び〟も用意した。空木《うつぎ》が楽しめるように、それでいて三幕構成仕立《じた》てにしやすいように。なんて健気《けなげ》で素敵な彼女なんでしょう……」

空木《うつぎ》はつい笑った。

「そうだな。健気《けなげ》で素敵だなと俺も思うよ」

「……照れるから素直に認めないで。いつもみたいに茶化してからかってきてよ。とにかく、いちばん上を読んでみて？　それがタイトル」

声に出して、読んだ。

「……『エンジェル・ペン・デート』？」

「そう。これは、魔法の力を帯びた天使のペンです」

鵯 華《ひよどりばな》が自身のバッグからボールペンを取り出し、手渡してくる。

受け取った空木《うつぎ》には見覚えがあった。父親がおなじ物を使っていたから。

「銀行で、預金口座とかを作ったらもらえるボールペン……」

「ちがいます、それは天使のペンです。絶大な霊力を秘めているのです」

鵯華《ひよどりばな》は言いきった。

目をぱちくりさせた空木《うつぎ》に、満足げな表情を見せる。

「空木《うつぎ》、なんでもいいから、わたしにいまやらせたいことをつぶやきながら、宙に文字を書く真似《まね》をしてくれない？」

「日曜日のショッピング街ど真ん中なんだけど？」

「空木《うつぎ》がそんなの気にするの？」

「……俺はしないけど。なんでもいいの？」

「どうぞ」

空木《うつぎ》はボールペンを、芯を出さないまま宙に向かって動かした。

「えっと、じゃあ……鵯華《ひよどりばな》は猫のポーズをしながら、わん、と叫ぶ」

すると鵯華《ひよどりばな》が両手を猫耳のようにして、膝を曲げて片足を後ろにあげた。

「わんっ！」

先ほど空木《うつぎ》が言った通り、日曜日のショッピング街だ。

この地方では最大の都市の、繁華な通りなのである。当然、老若男女《ろうにゃくなんにょ》多くの人々が空木《うつぎ》た

わんっ！

ちの周囲を歩いている。そのうちひとりやふたりではない人間から、何事かと見られた。最も近くを歩いていた若い女性にいたっては逆に、全力で目をそらし、ものすごい早歩きで通りすぎられた。

空木《うつぎ》は追撃で、宙に文字を書く真似《まね》をしてみた。

「笑顔で十秒間その姿勢を保って、だれかと目が合ったら手を振る」

鵯華《ひよどりばな》が、くっ……！　と隠しきれない恥辱でその瞳を揺らす。が、ほぼ間を置かずに満面の笑みを作った。ぷるぷるしながら猫っぽいポーズを維持して、二度、通行人に手を振った。

空木《うつぎ》は、おお、と思った。

その熱意を理解はしていたつもりだったが。

空木《うつぎ》の小説のために、ここまで……。

多少なりとも揺さぶられるものはあった。あれだけの小説を書ける鵯華《ひよどりばな》が、こんな赤っ恥をかくのを厭《いと》わないのは、確信しているからだろう。空木《うつぎ》が三幕構成やエンターテインメントを理解できれば良いものを書けるはずだ、と。

それにほんのすこし、興味が湧かないわけではなかったし、赤面しつつも耐えている鵯華《ひよどりばな》が可愛《かわい》らしくもあった。

頭のなかで律儀《りちぎ》にカウントしていたのか、鵯華《ひよどりばな》は十秒後に即そのポーズをやめて、額の冷や汗をぬぐって言った。

「はい天使のペンの効果切れたー！　……ってわけで、そのプロットの一ページ目を読んで！　技術のお勉強じゃなくて単にわたしが考えたお話だと思えば、それほど抵抗もないでしょ――こら空木《うつぎ》、やらせといてにやつきすぎ！」

「にやついて、ないよ」

「嘘《うそ》つけ……！　手で顔隠してても丸わかりすぎる！」

■『エンジェル・ペン・デート』

□登場人物

空木《うつぎ》某…主人公。高校二年生。顔はまずくないが、真の愛を知らない男の子

鵯華《ひよどりばな》某…ヒロイン。高校一年生。可愛《かわい》く賢く凜々《りり》しい、勇気を出せない女の子

■セットアップ

学校のマドンナで、奇跡のように利発で、聖母のようにやさしく、この世のほとんどだれからも好かれる鵯華《ひよどりばな》という少女がいる。少女は、面倒くさくて自己中で精神年齢が小学校低学年くらいの空木《うつぎ》という少年が好きだった。

しかしその恋心を伝える勇気はない。

だが、そんなもやもやとした日々が変わるときがやってきた。日食やら超新星爆発やらなん

やらで、異世界のゲートがたまたま開く。鴨華《ひよどりばな》はそこからやってきたマスコット的キャラクター、死喰獣《しくいじゆう》キロボンゲから天使のペンを授かる。

そのペンは持ち主となった鴨華《ひよどりばな》の魂と連結され、それで書いた文字は、強い強制力をもって鴨華《ひよどりばな》の体を動かす。

一方、この世のすべての廃棄物が流れ着く残骸都市ハーデスを縦断するジャック・ザ・リッパー・リバーのほとりで産声《うぶごえ》をあげ、撃ち殺された獣どもの屍肉《しにく》を食らって育ったため愛を知らない空木《うつぎ》は、本物の愛を知りたいと願っていたが、日本の高校に入ってもその機会はないままだった。

■きっかけ

空木《うつぎ》に告白できず悩んでいた鴨華《ひよどりばな》は、清水の舞台から飛びおりる気で、天使のペンを利用することを決意する。

空木《うつぎ》は学食のテラス席で、鴨華《ひよどりばな》から天使のペンを渡され、告げられる。「わたしはあなたに愛を教えたい。この天使のペンを使ってわたしとデートして、わたしを楽しんでみて？」

■セントラルクエスチョン

（Q．その1）

朝昼兼用の食事場所に選んだのは、アーケード街のビルの二階にあるカフェだ。名物は厳選されたストレートコーヒーと、ホイップクリームと果物たっぷりのパンケーキ。

店を決めたのは空木《うつぎ》だ。昨夜のうちに下調べしておいた。鴨華《ひよどりばな》がメニューを閉じて尋ねてくる。

「そのプロット一ページ目を読んで、どう思った？」

空木《うつぎ》はワイヤレスチャイムを押し、素直に答えた。

「死喰獣《しくいじゅう》キロボンゲと残骸都市まわりの設定が濃すぎて、ほかが頭に入ってこない」

「ごめん、そこなんか筆が走っちゃって……。その二点は忘れて。適当に、魔法少女のやつみたいな妖精と悲しき過去くらいに置き換えて考えてちょうだい。ついでに、そのせいでセットアップをヒロイン視点っぽくはじめちゃったのも失敗。あくまで主人公は空木《うつぎ》で、視点は空木《うつぎ》にあると考えて？」

鴨華《ひよどりばな》は反省ぎみに語った。

「なんにしても、これが今日、このデートにおけるわたしたちの設定です。こういう状況説明のシークエンスがセットアップと呼ばれ、三幕構成において最初にやるべきことよ。主人公のキャラクターや抱えてる問題、世界設定……要するに、これから語られるのはいったいどういう物語か、ということを見せるわけ」

いったん話を切り、考えながら続けてくる。

「例えば、そうね……。これはおなじ名前を持つふたりの女の子と映画撮影についてのお話です、とか、出生の秘密や茫漠とした闇を抱えた天才画家の少女のお話です、とかね。そのあとの展開に必要な情報やテーマを示すと同時に、読者や観客を惹《ひ》きつけるフックがなきゃいけない。セットアップで見限られたら挽回《ばんかい》は難しいよ」

空木《うつぎ》はふと、ボールペンを動かしてささやいてみた。

「鵯華《ひよどりばな》が語尾に、にゃん、とつけはじめる」

「セットアップに続くきっかけのパートは、言葉の意味からもなんとなくわかるにゃん？　セットアップで示されたこれまで通りの日常が、ヒロインが主人公に天使のペンを預けたことで明確に動き出すにゃん――」

「ご注文はお決まりですかー？」

店員さんがやってきたので、空木《うつぎ》と鵯華《ひよどりばな》はそれぞれ頼んだ。

「フレンチトーストモーニングで、飲み物は本日のストレートコーヒーをお願いします」

「この時間もうパンケーキ頼んでも大丈夫ですか？　なら、ストロベリーとホイップのパンケーキに、アイスカフェラテをください、……にゃん」

「……はい。かしこまりました」

店員さんが空木《うつぎ》たちの注文を繰り返したのちに、去っていった。

空木《うつぎ》は心底から言った。

「鵯華《ひよどりばな》、俺の骨を断つために肉を切らせすぎじゃないか？」

「ほっとけにゃん」

「きっかけのパートのあとの、このセントラルなんちゃらってのは？　あ、はい、語尾のにゃんは消しても大丈夫です」

鵯華《ひよどりばな》は、おそらくは胸の底に溜《た》まっていた羞恥心とともに、深く息を吐いた。

「……セントラルクエスチョンは、物語全体を通しての問いかけよ。きっかけが明確なら、セントラルクエスチョンも自然発生することが多い。わかりやすい例では、きっかけで殺人事件が起こる……すると、主人公は犯人を捕まえられるのか？　という物語の中心となる問いかけが生じるでしょ？　そして基本的には、問いの答えは最後にイエスで終わる」

鵯華《ひよどりばな》は冷水を飲んだ。

置いたグラスの氷が、からん、と音を立てる。

「主人公は無人島に漂着した——生き延びられるのか？——イエス。野球と出会った——野球選手として大成できるのか？——イエス。わたしたちの今日の物語で言えば、どう？　空木《うつぎ》に質問したかったから、Q.その1なんだよ。ヒロインを好きに操れる天使のペンを、主人公はもらった。それがきっかけであるならば、セットアップを踏まえて、この物語のセントラルクエスチョンはどういったものになるでしょう？」

空木《うつぎ》が考えているあいだに店員さんが注文の品を持ってきた。鵯華《ひよどりばな》にとって幸いなことに、先ほどの店員さんとは別人だった。鴨華《ひよどりばな》の、にゃん、を知らない人だ。

空木《うつぎ》と鴨華《ひよどりばな》はふたりで、いただきます、と手を合わせる。

空木《うつぎ》はパンケーキを頬張りはじめた鴨華《ひよどりばな》を眺め、もぐもぐしている姿がリスみたいだ、と考える。だれかが食事する姿を見ているだけでわくわくできるのも新鮮な感覚だ。半分ほどの自信で、回答した。

「主人公は愛を知らないんだったよな。なら、……このデートで真実の愛を知ることができるでしょうか？　みたいな……？」

鴨華《ひよどりばな》は上機嫌にうなずいた。

「おほふね、ほほひうはんじほ」

「鴨華《ひよどりばな》さん、口のなかを空にしてからもう一度どうぞ」

「…………失礼。……おおむね、そういう感じよ。わたしはその想定でこの『エンジェル・ペン・デート』を書いてきた。空木《うつぎ》にしては良い調子じゃない」

空木《うつぎ》は、そう言う鴨華《ひよどりばな》の口許《くちもと》にホイップクリームがついているのに、気づいた。いたずら心でひとつ閃《ひらめ》く。紙ナプキンを一枚手に取って広げる。腕を伸ばし、まったく予期していなかったらしい鴨華《ひよどりばな》の、その口許《くちもと》を拭いた。

……鴨華《ひよどりばな》が一拍おいて、赤くなって固まる。

空木《うつぎ》は笑ってコピー用紙を一枚めくった。

「じゃあ、次に書いてあるターニングポイントというのは？」

鴨華《ひよどりばな》はこのように書いている。

■第一のターニングポイント
空木《うつぎ》は天使のペンで鴨華《ひよどりばな》を自由に動かして楽しんでいたが、ひょんなことから、鴨華《ひよどりばな》にどきりとしてしまう。自分はこの子を好きになれるかもしれない、と悟る。

だから鴨華《ひよどりばな》とのデートにはじめて本気になる。


鴨華《ひよどりばな》が説明する。

「……ターニングポイントは三幕構成最大の特徴で、二箇所に存在してる。三幕とはつまり、序盤、中盤、終盤のことで、それぞれの比率は1：2：1で、それぞれの幕のあいだで物語の流れを決定的に変えるのがターニングポイントなの」

本人は、なんでもないですよ、という素振りだが、口許《くちもと》を拭かれた恥ずかしさは抜けていなそうだ。

「二時間の映画で考えみたらわかりやすいかな。序盤が三十分で、中盤が一時間で、終盤が三十分。だからはじまって三十分前後のところに最初のターニングポイントがあるし、九十分前後にふたつ目のターニングポイントがある。今度、特にハリウッドの映画を観《み》るとき、意識しながら観《み》てごらん？　……これは基本中の基本で、映画学校とか行ったらどこでも教えてることなんだけどね。たぶん」

空木《うつぎ》はコーヒーを飲みながら、思いついたことを尋ねた。

「さっきの、きっかけ、とはちがって、必ずしもなくても物語は成立すると思うけど、絶対いるもんなの？」

「空木《うつぎ》の小説は、たいてい、流れをおおきく変える展開ないもんね。言いきっちゃうけど、ぜっったいにあったほうが良《い》い。ターニングポイントは、読者や観客の興味を惹き続ける力になる。最初のターニングポイントは、主人公が本格的に踏み出し、主人公の存在する世界そのものを変化させるような強烈なイベントだよ。主人公が成長しない物語なんてクソだから。……ん、けっこう美味《おい》しいね」

鴨華《ひよどりばな》は何口目かで、この店のパンケーキにそう評価をくだした。

満足げな顔でさらに続けた。

「その『エンジェル・ペン・デート』で言えば、空木《うつぎ》がただ天使のペンを使って遊んでいるだけじゃただの一発ネタでしょ。物語に深みを与えるためには、空木《うつぎ》は変化し、なんらかの形で成長しなければならないの。実はそのプロットで、ひょんなこと、と書いてあるのは手抜きなんだけどね。いざ書くときに困るやつ」

「……パンケーキ、そんなに当たりなのか？」

「え。うん。……空木《うつぎ》も食べてみる？」

空木《うつぎ》はボールペンで字を書くふりをして、言った。

「鴨華《ひよどりばな》は切り分けたパンケーキを空木《うつぎ》に〝あーん〟する」

鴨華《ひよどりばな》が動揺からためらったのは一瞬だけだ。

すぐに、そのまなざしにぐっと力がこもる。鴨華《ひよどりばな》はパンケーキを切り分け、フォークでぶっ刺し、空木《うつぎ》に向かって〝あーん〟してきた。恥ずかしそうにはしながら。指先を震えさせながら。それでも決して、手を止めずに。

鴨華《ひよどりばな》は、パンケーキを咀嚼《そしやく》する空木《うつぎ》に、訊《き》いてくる。

「美味《おい》しい？……あ」

そしてなにかに気づいたふうに声を漏らす。空木《うつぎ》の口許《くちもと》を見ている。空木《うつぎ》が、ん――？と反応する間もなかった。空木《うつぎ》のほうも、自分でやらせておいて多少は動揺があったのかもしれない。鴨華《ひよどりばな》は大胆な笑みを浮かべて、先ほど空木《うつぎ》がそうしたように、体をやや乗り出して腕を伸ばしてくる。

空木《うつぎ》の唇についたホイップクリームを、人差し指で取った。

今度は空木《うつぎ》が固まる番だった。ただでさえそうだったのに、鴨華《ひよどりばな》がホイップクリームのついた自身の人差し指を口にくわえたからなおさらだ。どきりとしてしまった。鴨華《ひよどりばな》は勝ち誇り半分、照れ隠し半分で、空木《うつぎ》の唇を銃で撃つように指差してきた。

「ひょんなこと、みっけ」

……なるほど、と笑いそうになる。この感じも確実に人生はじめてだ。

鴇華《ひよどりばな》が書いてきたプロットの、主人公の気持ちがなんとなくわかる。けれど、ちがいもある。このいまの自分は、プロット内の設定の空木《うつぎ》とちがって、鴇華《ひよどりばな》を好きになれるかもしれない、とは思わない。それは論理が破綻している。テーブルの上のリンゴをかじったあとで、自分はこのリンゴをかじることができるかもしれないと考えるのは、おかしい。

空木《うつぎ》はすでにリンゴをかじっているのだ。

鴇華《ひよどりばな》に魅せられている。

7.

食事後、しばらくお喋《しゃべ》りしたあとで、カフェを出た。

ふたりで相談し、近くにあるこぢんまりとした映画館に行くことになっていた。観《み》たい映画の意見が割れて、じゃんけんで決めることになったので、空木《うつぎ》はためらいなく天使のペンを作動させた。

鴇華《ひよどりばな》はチョキを出す、と。

鵯《ひよどり》華《ばな》は、う、ぐぅ……！　と奥歯を噛《か》んで、チョキを出した。

空木《うつぎ》が選んだ、タイトルからあらすじから題材からなにからなにまでB級丸出しのホラー映画『廃墟《はいきょ》スクリーマーセブン』を観《み》終わって、映画館から出る。

あたたかな陽射《ひざ》しの下で、鵯《ひよどり》華《ばな》が訊《き》いてきた。

「空木《うつぎ》、小説はあまり読まないって言ってたけど、映画は意外と観《み》てるよね。なら、実は感覚的には三幕構成を理解しやすいとこがあるんじゃない？　っつーか、もしかしてクソ映画……じゃなかった、B級映画好きだったりするわけ？」

「B級映画好きを名乗るには、本数が足りないけどな。わりと好きかも。なんかこう、作ってる側が楽しんでそうなやつもちらほらあって」

「ま、わかんないわけじゃないけどね。でも、あーあ、今日はふつうに評判の映画観《み》たかったなぁ。さっき、やってごらんって言った、三幕構成を意識しながらの鑑賞が、やりやすそうな内容だったのに……」

悔しげではあったものの、これはこれで楽しそうな鵯《ひよどり》華《ばな》である。空木《うつぎ》も理解できる。空木《うつぎ》も文句なく楽しいから。映画が、ではなく。個別のなにかが、ではなく。

空木《うつぎ》はボールペンを取り出し、動かしながらささやいた。

「鵯《ひよどり》華《ばな》は、次に行きたいところを素直に言う」

「雑貨とか小物とか見たいかも。良《い》い？　空木《うつぎ》は興味ないかな？」

「いいよ。雑貨とか小物とかは興味ないけど、それを見てる鴨華《ひよどりばな》は見たい」

「……、……前にも訊《き》いたけど、言ってて恥ずかしくなんないわけ？　ほんとに、可愛《かわい》い女の子とのデートはじめて？」

「素直な気持ちを口にしても恥ずかしくないし、デートははじめてだよ」

■ミッドポイント
空木《うつぎ》と鴨華《ひよどりばな》は天使のペンを使ったデートを続ける。

空木《うつぎ》は、天使のペンに操られて恥ずかしがったり困ったりする鴨華《ひよどりばな》を、可愛《かわい》いと思うようになっている。鴨華《ひよどりばな》のほうも、思い悩む必要なく好きな男の子との距離を縮められて満足している。

しかし空木《うつぎ》は、天使のペンがひび割れていることに気づく。天使のペンには、実は使用回数に限界があったのだ。天使のペンは鴨華《ひよどりばな》の魂とつながっているのだから、ペンが壊れると鴨《ひよどり》華《ばな》にも害が及ぶ可能性もある。空木《うつぎ》も鴨華《ひよどりばな》も、天使のペンという魔法の道具にただ甘えるだけの関係では決して永続しないのだと理解する。

……最高の時間が、このままだと終わってしまう。

バス用品店。

「鵯《ひよどり》華《ばな》がミッドポイントと書いてた項目、あれはなんだ？」

「ターニングポイントの次くらい──場合によってはおなじくらいに大切なイベントよ。三幕構成ではね、だいたい真ん中くらいまでは〝のぼり調子〟で描かれるのが基本なの。そこで迎えるのがミッドポイント」

鵯《ひよどり》華《ばな》は色とりどりの入浴剤を眺めながら答えた。

「物語が幕を開け、やがて主人公は勇気を持って踏み出し、物事は上手《うま》く進んでいく。だけど上手《うま》くいきっぱなしで終わる物語では、リアリティという点でも、深みという点でも、幅広い人の共感は得られづらい。ど真ん中でいったん最高潮を迎えた物語が、ミッドポイントでの出来事で急降下しはじめて──」


ファッションビルの一階。

「で、ミッドポイントまでしか書かずにその後ぜんぶ白紙にしてる理由は？」

鵯《ひよどり》華《ばな》はアクセサリ類のショーケースを眺めながら答えた。

「白紙じゃないでしょ。最後にちゃんとQ．その2と書いてある」

アクセサリ類、といっても貴金属店というわけではなく、ちょっとしたファッションアイテムだ。

空木《うつぎ》も鵯華《ひよどりばな》の視線を追って商品を確認しつつ、はっきり理解した。

「やっぱり、俺に考えさせようと思って、わざと書かなかったんだな」

「うん。さあ、空木《うつぎ》は『エンジェル・ペン・デート』をこのあとどう展開させるのが良《い》いと思う？　……もちろん、物語は自由だし、どう書くかを決めるのは作者の特権だよ。でも、わたしはミッドポイントまででコンテキストを作ってるから」

鵯華《ひよどりばな》はショーケース内の、サードニクスのブレスレットに一瞬だけ目を留《と》めてから、話を続けた。

「考えてみて？　国語の文章問題みたいなものよ。あえて崩すにしても、まずは正答を理解しておかないと。ふたりは、ある意味では天使のペンに甘えていた、それなしで成立する関係を築いたわけではなく、やがては物語のスタート以前に逆戻り……。この流れならふつうこうする、というパターンがいくつか存在するよ。中盤と終盤のあいだの第二のターニングポイントを、空木《うつぎ》ならどう書く？」

「――それ」

空木《うつぎ》はサードニクスのブレスレットを指し示した。

鵯華《ひよどりばな》が空木《うつぎ》を振り返ってくる。

その直後に横から声をかけられたのは、空木《うつぎ》にとっても鵯華《ひよどりばな》にとっても、まったくの予想外だった。

「空木《うつぎ》……と、鵯華《ひよどりばな》——？」

よく知った声だ。

空木《うつぎ》は振り返る前から、声の主がわかっていた。

綾目《あやめ》だ。ひとりではない。髪を派手なツートンに染め、ロックテイストのシャツとダメージデニムパンツ、いかついアクセサリに猫耳カチューシャという格好の女性といっしょにいた。

空木《うつぎ》はそちらも知っている。綾目《あやめ》の三つ年上の姉だ。

空木《うつぎ》は綾目《あやめ》と目が合ったとき、胸の内側がひりひりして落ち着かないような、気まずいような感覚になった。……なんだこの感情は？　と自分でまたふしぎに思う。隣では、鵯華《ひよどりばな》が驚きで表情を揺らしている。

綾目《あやめ》と遭遇したことにか、綾目《あやめ》の姉のスタイルにか。

両方か。

空木《うつぎ》は苦笑いして、鵯華《ひよどりばな》とつないだほうの手を、鵯華《ひよどりばな》の手ごと軽く持ちあげた。

「よ、綾目《あやめ》。奇遇」

「……おう」

綾目《あやめ》は綾目《あやめ》で、目をぱちくりさせているのだった。

綾目《あやめ》は、本日は超・文芸部の活動がなく家で読書していたところ、姉に買い物の荷物持ちとして連れ出されたそうだ。

綾目《あやめ》の姉は、数ヶ月ぶりに会った空木《うつぎ》と喋《しゃべ》りたそうだったものの、綾目《あやめ》だけをいったん借りて、空木《うつぎ》たちは三人で近くのコーヒーショップに入った。綾目《あやめ》の姉はそのあいだ、先ほど空木《うつぎ》たちも行ったバス用品店で時間をつぶしてくれるとのことだ。

空木《うつぎ》はゴールデンウィーク最終日の経緯を、キスに関しては伏せた上で、おおむね伝えた。

「──というわけで、鵯華《ひよどりばな》と付き合うことになった」

空木《うつぎ》の説明に、綾目《あやめ》はなぜか動揺をにじませていた。

「空木《うつぎ》と鵯華《ひよどりばな》が、付き合うことに……」

空木《うつぎ》はうなずく。

「そう。俺と鵯華《ひよどりばな》の恋愛を題材に小説を書くためでもある」

綾目《あやめ》はまた復唱する。

「小説のためでも……」

「俺が三幕構成をちゃんと憶《おぼ》えるのが条件のひとつだと言われてて、今日はそのために三幕構成を体感しながらのデートをしてた」

「デートを……」

綾目《あやめ》はフルーツのフローズンドリンクを飲み、腕組みした。なにやら難しげな面持ちだ。額には脂汗が浮かんでいる。鴨華《ひよどりばな》がやや慌てて付け加えた。

「ごめん。わたしたちが事前に伝えてなかったから、びっくりさせちゃった」

綾目《あやめ》は首を振った。

「いや、大丈夫だ。さっきは、思いがけなかったからたしかに驚きはしたが、落ち着いて考えると意外ではない」

「え、どうして？」

「俺が見るかぎり、お互いに気がありそうだったからだ」

今度は、鴨華《ひよどりばな》のほうがうろたえた。

「えっ、え、わたし？　空木《うつぎ》？」

「だから、お互いにだ。どちらも。空木《うつぎ》の態度も俺があまり見たことのない様子だったし、鴨華《ひよどりばな》が空木《うつぎ》を意識している雰囲気はばりばりに出ていた。こうなったから白状するが、俺はかなり初期から、鴨華《ひよどりばな》は空木《うつぎ》が好きなんだろうなと思っていた」

鴨華《ひよどりばな》は気恥ずかしさで目許《めもと》を引きつらせた。

綾目《あやめ》が容赦なく続ける。

「というか最初に学食で話しかけてきたときから、鴨華《ひよどりばな》は空木《うつぎ》の小説のファンなのかもしれないとは考えていたのだ。なんせ鵯華《ひよどりばな》は、自ら書けば出版してもらえる立場だ。手間暇かけて、空木《うつぎ》をプロデビューまで導いてやる動機がない」

鵯華《ひよどりばな》はうなだれ、黙り込んだ。

「熱心なファンが作者に直接会ってみたら、作者本人が思いきり好みのタイプだったから、作品への愛着が本人への恋心に変わってしまう。それもすごくありがちだしな」

「…………」

「テンプレートすぎて笑えるほどだ。鵯華《ひよどりばな》も見ただろう、俺の姉はガチ恋によってバンギャと化した女だ。とあるバンドの痛いファンなんだ。鵯華《ひよどりばな》には、俺の姉と似た雰囲気があったんだ……」

「…………」

「俺の姉は、口では音楽性と世界観が好きなだけだと言い張っているが、実態はベーシスト個人にめろめろだ。こう見えて、俺は少女漫画や少女小説もそれなりに嗜《たしな》んでいる。超・文芸部で唯一、色事に聡《さと》いのが俺だろう。鵯華《ひよどりばな》が空木《うつぎ》に向ける視線は姉と同類であるとすぐにわかった。目がハートだったんだ。俺には、好き好きだぁーい好き、はぁーしゅきぃ、というまなざしにしか——」

空木《うつぎ》が見かねて割って入った。

「鵯華《ひよどりばな》が死にそうになってるから、やめてあげろ」

テーブルに突っ伏してぷるぷる悶《もだ》えていた鴇華《ひよどりばな》が、その言葉でどうにか息を吹き返した。

「……な、なにはともあれよ！　わたし、綾目《あやめ》と藤袴《ふじばかま》に内緒にするつもりではぜんぜんなかったの。なんかわざわざそれだけを発表するのも変だし、このあいだ藤袴《ふじばかま》には迷ったんだけど、今回のこのデートが終わったあとで自然と報告するつもりだった」

綾目《あやめ》は、ああ、と応じた。

「べつに鴇華《ひよどりばな》を責めていないぞ。ほんの数日間だ、鴇華《ひよどりばな》が俺たちに言っていないことに違和感は特にない。ただ空木《うつぎ》はちがう。なぜ、藤袴《ふじばかま》はともかく俺に黙っていたんだ？　以前、俺に彼女ができたとき、おまえにはその日のうちに報告と相談をしただろう？」

空木《うつぎ》はそっと目を伏せた。

そう、空木《うつぎ》自身、綾目《あやめ》を前にしたこの感情を内心で言語化しようと努めていた。理解できたのは数分前だ。そして言語化できても、むずむずするこの感情が消えるわけではない。

綾目《あやめ》が首をひねっている。

「その程度には信頼してくれているものだと思っていたぞ。空木《うつぎ》のことだから、なにか、サプライズ的にことを進めたほうが面白いと考えたのかもしれない。しかし正直に言えば、目撃して知ったのは多少ショック――」

「――……照れくさかったんだよ」

空木《うつぎ》がぼそりと言う。綾目《あやめ》はまばたきした。

「待て。とつぜん関係ない話か？」

「関係ない話じゃねぇよ。綾目《あやめ》には報告しなきゃってのは頭にあった、けどさ、なんか……その、照れくさくて後回しになった、みたいな……。たぶん……」

綾目《あやめ》は空木《うつぎ》の話を、笑い飛ばそうとした。

「おいおい、空木《うつぎ》、面白い冗談を――……、……本気か？」

「……俺もさっき自覚したんだよ。びっくりしてる」

「羞恥心という概念を母親の胎内に置き忘れてきた空木《うつぎ》が？」

綾目《あやめ》は衝撃を隠せずにいた。

「トイレで手を洗うときに水が散って、誤解を生みそうに股間がびしょ濡《ぬ》れになった状態で、面白がってあえて堂々と廊下を歩いた空木《うつぎ》が、鵯華《ひよどりばな》とこっそり付き合ったことを照れくさいと感じている……？」

「…………」

「俺といっしょにエロ本を買おうとしたときに年齢確認されて、ゆったりと大物ぶった笑みを浮かべて、すみません未成年です、と引きさがる胆力を持った空木《うつぎ》が、そんなどこにでもいる思春期男子のような感情を……？」

「…………」

「彼女がいたころの俺に、べつに大した問題じゃないだろ、普段通りしてりゃいいだけだと偉そうに笑った空木《うつぎ》が、いつの間にか鵯華《ひよどりばな》といちゃいちゃラブラブして小説書くーとかはしゃいでると知られるのを嫌がって――」

「もうやめてあげて？　黙り込んでる空木《うつぎ》が珍しいから、ちょっと見ていたい気持ちもあるけど」

今度は逆に、鵯華《ひよどりばな》に助け船を出されたのであった。

「俺個人としては、大いに祝福するが……」

店を出たところで綾目《あやめ》がそんな言い方をしたので、鵯華《ひよどりばな》は引っかかったようだ。

「するが、なに？　あっ、もちろんわたし、部活に迷惑かけたり足引っ張ったりするつもりはないよ？　超・文芸部は空木《うつぎ》の小説にとって明確にプラスだと考えてるし、綾目《あやめ》と藤袴《ふじばかま》にとっても面白い出来事なんじゃない？」

「……その通りだ。俺の言い方が悪かった。不満に思っているんじゃないんだ」

綾目《あやめ》は素直に訂正してから、空木《うつぎ》に目を向けてきた。

「空木《うつぎ》」

「なんだ。もう復活したよ。照れくさいのは乗り越えた。いつもの俺です」

「おまえも男子高校生なんだなと、当たり前のことを実感している。……が、俺はもちろんうれしいぞ。去年の空木《うつぎ》は見ていてつらいときがあった。いまの、楽しそうな空木《うつぎ》の姿は俺の幸せでもある。……ただなあ――」

鴨華《ひよどりばな》がうめくように言った。

「なんか前に藤袴《ふじばかま》が、綾目《あやめ》にはちょっと空木《うつぎ》の信者感がある、と言ってたけど、たしかに……。ってか空木《うつぎ》、去年って――」

そこで鴨華《ひよどりばな》の疑問をかき消す声が、離れたところから響いてきた。

「あっ！　空木《うつぎ》きゅんー！　うちの愚弟との話、終わったー⁉」

綾目《あやめ》の姉である。両手に買い物袋を抱えて、笑顔で駆け寄ってくる。中学生のころの綾目《あやめ》が、姉ちゃんが空木《うつぎ》に気があったらどうしよう、と悩んだことがあるくらいに、綾目《あやめ》姉は空木《うつぎ》を気に入ってくれている。鴨華《ひよどりばな》が思わず、空木《うつぎ》きゅんだって、と笑う。

空木《うつぎ》は綾目《あやめ》姉とすこし会話を交わしたあと、最後に尋ねた。

「綾目《あやめ》、ただなあ、って言いかけたのはなんだった？」

「……うぅむ、……なんと言うか、……いや、気にしないでくれ。これは仕方ないことだし、俺がどうこう口出しすべき話でもなかった。人の恋路を邪魔する奴《やつ》はなんだかんだだしな。余計なことを言うところだった」

綾目《あやめ》とは、また明日学校で、と、綾目《あやめ》姉からは、うちにもまたおいでねー！　彼女ちゃんもいっしょにー！　と、それぞれ挨拶して、綾目《あやめ》たちとは完全に別れた。

それから、鴨華《ひよどりばな》がお手洗いに行きたいということで、再度ファッションビルに入った。鴨《ひよどり》華《ばな》が地下のトイレに行っているあいだに、空木《うつぎ》がなんとなくスマートフォンを見ると、藤袴《ふじばかま》からメッセージがきていた。

タイミング的に、綾目《あやめ》が伝えたのかとも思った。一瞬だけだ。綾目《あやめ》は空木《うつぎ》の知らないところで勝手に報告などしないし、メッセージの内容もなんら関係なかった。

というよりも、なぜそんな文章を送ってきたのかよくわからなかった。

〝やっほー空木《うつぎ》　さっきＴＶで和歌特集やってたんだけど　空木《うつぎ》が百人一首で好きなのなんだっけ　あたしは四十番　忍ぶれどってやつ！〟

「……？　なんだこれ。なんで百人一首？」

いや、特集をやっていたとは書かれているけれども。

空木《うつぎ》は一応、返信しておいた。

〝強いて言うなら、わたの原、八十島《やそしま》かけて～ってやつ？〟

明日学校に行ったら藤袴《ふじばかま》にも報告しなきゃな、と思う。そのあと戻ってきた鴨華《ひよどりばな》のリクエストで、ふたりで書店に立ち寄った。

鴨華《ひよどりばな》が棚に並ぶ書籍を眺めながら口を開いた。

「そう言えば、サブプロットっぽかった」

空木《うつぎ》にはよくわからない。

「なんの話だ？　サブプロット？」

「さっきの綾目《あやめ》とお姉ちゃん。綾目《あやめ》は綾目《あやめ》で、お姉ちゃんとお出かけのストーリーがあって、それがこっちのプロットと交錯した感じだった。……今回触れないつもりだったんだけどね。一気に言うとこんがらがると思って」

鵯華《ひよどりばな》が本棚から一冊のハードカバーの小説を取り出し、すこし迷って、元に戻した。そのあいだも話は続けている。

「サブプロットは、物語の本筋からはずれたストーリーで、よくできた物語にはたいてい存在して、どこかの地点で本筋にも影響を与える。典型例としては、アクションとかミステリとかでの、事件の核心とは関係ない主人公のラブストーリーみたいな」

書店内には、空木《うつぎ》の目を釘付《くぎづ》けにするものがあった。鵯華《ひよどりばな》の『ザ・フューネラル・ストーリー』も並んでいる。だが、そちらではない。

空木《うつぎ》が気になったのは――。

「作り手からしたら苦労せずとも構成を複雑化させられるし、単純に緩急をつけられて、読者や観客の気分転換にもなるから便利よ。メインのプロットほどきっちりでなくて良いけど、サブプロットも三幕構成っぽく作られることが多い」

「マジで、あれこれあるんだなぁ」

「そりゃそうでしょ。これまでにどれだけの数の人間が、より良いお話を作ろうと試行錯誤してきたと思ってんの。わたしが今日伝えたことなんて基礎の基礎未満だよ。三幕構成だけに絞っても、技術論なんて腐るほどあるんだから――」

例えば、オープニングとエンディングに作る対比。

例えば、ひときわキャッチーなシークエンスは、第二幕の前半に入れるのが三幕構成の仕組みからいって合理的と考えられること。

例えば、1：2：1の比率は絶対ではなく、第三幕を短くする選択肢もあり得ること。

それらをぱぱぱっと口にする鵯華《ひよどりばな》の、現在はちょうど真下。平積みされた文庫本――おそらくはハードカバーから文庫になったばかりなのだろう、ホラー小説だ。その帯に書かれたコピーだった。

〝人生でたった一度でも、だれかを殺したいと思ってしまったことのある読者へ〟

その末尾には〝新人賞受賞作家＆書評系動画配信者　鵯華千夏《ひよどりばなちなつ》〟と書かれているのだ。さらには〝鵯華《ひよどりばな》先生激推し！〟というポップが用意されている。

空木《うつぎ》は当たり前の事実を、改めて思った。

鵯華《ひよどりばな》はこういったことを〝お仕事〟にしている人間なのだ。

そんな鵯華《ひよどりばな》を空木《うつぎ》は今日一日まるごとも、おそらくはこれから先も、さまざまな意味で完全に独占できている。

その事実を意識すると色とりどりの感情がふつふつと湧いてくるし、自分をそうさせる鵯《ひよどり》華《ばな》こそが、空木《うつぎ》の最も書きたいものだという実感が強くなる。

鵯華《ひよどりばな》を描いた小説。

空木《うつぎ》と鵯華《ひよどりばな》の恋を題材にしたラブコメ。

……たしかに、こんなにも書きたい小説を、鵯華《ひよどりばな》本人にがっかりはされたくなかった。そうならないようにするのはむしろ楽しめることなのかもしれない。これまでに書いたものを、祖母にだけは喜んでほしかったのとおなじように。

鵯華《ひよどりばな》が平積みされた本から顔をあげる。

「——けどまあ、今日のデートではその基本未満を理解してくれれば満足だよ。Q.その2について考えてね。答えは、そこに至るまでにちりばめられていて、主人公は第二のターニングポイントで決断し、再びの最高潮に向けてクライマックスを駆けあがる。この天使のペンの物語で、空木《うつぎ》なら第二のターニングポイントをどう書く？」

自信ありげな表情は、鵯華《ひよどりばな》も今日のデートに手応えを感じている証拠だ。

「整合性のミスは気にせず考えていいよ。あくまで練習だし、そもそも実際に書くときには、あとから修正を入れられるんだから。空木《うつぎ》が今日、わたしといっしょに天使のペンのデートをしてきた気持ちを振り返って、その気持ちを仮想の作品に昇華してみて？　それ自体は得意技なんじゃない？」

今日のデートにおける、空木《うつぎ》自身の気持ち。

それを、物語の設定上の空木《うつぎ》と重ねて考えると――。

「――……天使のペンの力はいつまでも続くわけじゃない」

ふたり並んで本屋をあとにしながら、鵯華《ひよどりばな》はうなずいた。

「うん」

「この物語内の俺たち――空木《うつぎ》と鵯華《ひよどりばな》は、天使のペンを使って手に入れた最高の時間を、天使のペンを失ったあとにもどうすれば続けられるのか思い悩む」

「うん」

「そして第二のターニングポイントで決断する」

「うん」

空木《うつぎ》は陽射《ひざ》しのまばゆさに目を細めて、回答した。

「やっぱり天使のペンを利用した関係こそが至高だった。天使のペンは封印するが、地方銀行でもらったボールペンを天使のペンだということにして、空木《うつぎ》は自らが操る鵯華《ひよどりばな》の姿に偏執的な愛を見出《みいだ》し、鵯華《ひよどりばな》は体を操られるマゾ的な快楽に溺れていくのであった」

「……なんでっ⁉」

鵯華《ひよどりばな》は悲鳴をあげた。

笑う空木《うつぎ》に、両手をぶんぶん振って訴えてくる。

「ちょ、……え、えぇーっ⁉　ちがう、あれ？　ふつうはさ、この流れだったら天使のペンなしで、真心で、ふたりですごす最高の時間を再構築していこうと決断するもんじゃない⁉　正攻法にするか、天使のペンというものがそもそも鴨華《ひよどりばな》の恋心による嘘《うそ》だったことにするか、やり方はいろいろだけど、根幹は…………、……って、空木《うつぎ》笑ってんじゃん……」

鴨華《ひよどりばな》は、はあ、とため息をついた。

半分は安堵《あんど》のようでもあった。

「……わざと？　天使のペンあってこその関係が崩れ、それがなくても成立する関係を築き直すというのが、成長と変化という点からの自然なコンテキストだってことはわかってて、……あえて崩してるなら、ありっちゃありか……」

鴨華《ひよどりばな》はぶつぶつとつぶやいて思案しはじめた。

「かりそめのものに見えても、実は当人たちにとって最も正しい形だった……常識や周りの目なんか関係ない……、……そうまとめると俄然《がぜん》、空木《うつぎ》っぽい感じになるし……。真っ当なラブコメからははずれそうだけどお笑い寄りなら……、あ、でも」

面白がって眺める空木《うつぎ》に、また目を向けてきた。

「エンディングにはどんなオチをつける？」

しばらく歩いた先、公園のベンチ。

花壇の近くで、おじさんが鳩《はと》に餌をやっている。スーツを着崩した若い男たちが楽しげにお喋《しゃべ》りしている。公園のプラタナスの下にいると、風が快適だった。空木《うつぎ》は買ったばかりの、つめたいお茶を鶸華《ひよどりばな》に差し出す。

公園のプラタナスの下にいると、風が快適だった。空木《うつぎ》は買ったばかりの、つめたいお茶を飲んだ。それから、そのお茶を鶸華《ひよどりばな》に差し出す。

先ほどの話を再開した。

「エンディングなんて決まってるだろ。いくら俺でも思いつくよ。曲がりなりにも恋愛物だ、ラストのお決まりはなんだ？」

鶸華《ひよどりばな》が、受け取ったお茶に口をつける。

問いかけには答えず、空木《うつぎ》をじっと見つめている。回答するのは空木《うつぎ》のほうだ、ということだろう。空木《うつぎ》は取り出したボールペンを指でくるくる回し、言った。

「鶸華《ひよどりばな》がありったけの想《おも》いを込めて、空木《うつぎ》にキスをする」

「……ま、恋愛物ならキスすればだいたい力業でオチに持っていけるもんね。それはそっか。納得。及第点ではあるかな……」

鶸華《ひよどりばな》はうっすらと微笑《ほほえ》んで、目を閉じた。

終わったデートの余韻を味わうように。

どこか遠くから子供の笑い声が聞こえる。公園の向かいの雑居ビルに巣があるらしい、ツバメが飛んでいく。青空には飛行機雲が刻まれていて、パンジーの近くをアゲハチョウが舞っている。空気の揺らぎとともに鴨華《ひよどりばな》の匂いがする。

空木《うつぎ》にはほかのだれのものよりも好ましい匂いだ。落ち着くような、昂揚《こうよう》するような、矛盾した心地良さを感じる。それは単に、鴨華《ひよどりばな》が身だしなみのために使用しているなんらかの香料が空木《うつぎ》に合う、ということではないだろう。恋の匂い。きっと、空木《うつぎ》が鴨華《ひよどりばな》に惹《ひ》かれているからこそ……。

この日はじめて、本気で迷った。

空木《うつぎ》の意図に気づいていない鴨華《ひよどりばな》に、わざわざ言うべきか。

鴨華《ひよどりばな》の横顔を見る。自然と、その唇を。

……いや、やはり、鴨華《ひよどりばな》の言う通りエンディングはいるだろう。

このデートにも。

「鴨華《ひよどりばな》」

「な、に…………?」

目を開けた鴨華《ひよどりばな》の前でボールペンを軽く振って、笑いかけた。それでも鴨華《ひよどりばな》は数秒間、怪訝《けげん》な顔をしていた。そのあとで声を漏らす。

「……あっ!!」

鴨華《ひよどりばな》は理解すると同時に、かあああっ、とその頬を染めた。

反射的に周囲をきょろきょろして、空木《うつぎ》が本気かどうか探る目をする。空木《うつぎ》が再びボールペンを振ると、うぐっと息を呑《の》んだ。逃れられない。悟った鴨華《ひよどりばな》の瞳が、緊張と不安、ふいに訪れた昂《たか》ぶりに揺れた。空木《うつぎ》はもう、鴨華《ひよどりばな》のそんな反応を愛《いと》おしく思わずにはいられない。

鴨華《ひよどりばな》の頬へ手を伸ばす。

鴨華《ひよどりばな》の頬は燃えるように熱かった。鴨華《ひよどりばな》は自身の頬に触れる空木《うつぎ》の右手に手を重ね、覚悟を決めた顔をした。両目をぎゅっと閉じながら体を寄せてくる。そうして、ありったけの想《おも》いを込めて――。

ちゅ。

……ぱちん。

その夜である。

空木《うつぎ》は眠ろうとしたところで、本屋で見かけたポップのことを考えた。ずっと頭の片隅に引っかかっていた。仕事。鴨華《ひよどりばな》の――。

〝鴨華《ひよどりばな》先生激推し！〟

「…………これだ！」

空木《うつぎ》はベッドの上で、がばっ、と体を起こした。

8.

漫研のみんなは、藤袴《ふじばかま》の頼もしい味方だった。

会長のるりぴょんは「桐子《とうこ》ちゃん、ついに……！」とうれしそうで、副会長の山田バジルは「同月同日に生まれることは叶《かな》わなくても、同月同日に死せることを願う……！」と桃園の誓い的なことを言ってきた。

AIA漫研のデジタルマスターことまいまいは「でも、ライバルかもしれない相手があの鵯《ひよどり》華《ばな》千《ち》夏《なつ》か……」と腕組みし、有望新人のはにゃ☆まるくんは「桐子《とうこ》さんなら、大丈夫です！」と手を握ってくれた。

だれもがジャイアントキリングを信じてくれた。仲間たちの熱は、藤袴《ふじばかま》自身の心も奮い起こす。仲間たちは親身になって、できるかぎりアドバイスをしてくれた。精いっぱい努力する決意を表明した藤袴《ふじばかま》に、みんな沸き返った。

るりぴょんはその瞳を潤ませさえしたのだ。

「いまの桐子《とうこ》ちゃん、とっても素敵よ……」

むろん藤袴《ふじばかま》と鴨華《ひよどりばな》の差はなんら埋まっていない。

それでも、恥をおそれぬ覚悟は決まったのだ。挑戦しなければ、どんなことだって終わってしまう。あたしは今日から、空木《うつぎ》と自分の心、鴨華《ひよどりばな》という恋のライバル、すべてと対峙《たいじ》する――！

月曜日。藤袴《ふじばかま》は力強い足取りで、超・文芸部の部室へと向かった。

深呼吸して、引き戸を勢い良く開ける。

部室内には思わぬ光景が広がっていた。

「ちょっと待った鴨華《ひよどりばな》、俺が書きたいものの根幹を変えたいのか？」

「ちがうちがう！　んなわけないじゃん、そんな不服ボンバーな顔しないでよ！　空木《うつぎ》が書きたいものを無理やり変更させるのが、空木《うつぎ》にはNGだってわかってて、こちとら苦労してきてるんだから」

部室の壁に設置されたホワイトボード――AIA学園で使われているのは黒板ではなくホワイトボードだ、その前で空木《うつぎ》と鴨華《ひよどりばな》が言い争っている。

綾目《あやめ》は所在なげにノンフィクション本を広げつつも空木《うつぎ》たちを気にしており、橘《たちばな》は部室の隅っこでまたスマートフォンを熱心につつき、空木《うつぎ》たちを気にしていない。どうせ新たなキャバ嬢だろ死ね。

「本質を変えろなんてわたしは言ってない。空木《うつぎ》がこの物語で書きたい本質は、龍に挑む気概と夢、龍釣り師を虜《とりこ》にする楽しさと魅力でしょ。その物語の舞台が現代の日本か架空のファンタジー世界かは根幹じゃない。大半が主人公のひとり語りという、エンタメやる気あんのかっていうとこもそう」

「現代の大空を龍が飛んでる、ってイメージからはじまった物語なんだよ。世界設定が本質じゃないと言うなら、そのイメージのままでもかまわないだろ」

「はっ！　だったら、整合性取れた世界設定を考えてよ。龍やほかの幻獣が空を飛んでて航空機を落とす災害が、どうして国際社会になんの影響も与えてないんですかぁー？　この世界の人たちは龍に落とされる可能性があるのに飛行機で旅行を楽しむ剛の者なんですかぁー？　航空機の発展の歴史に龍はなんの影響も与えてないんですかぁー？」

「それこそ本筋とは関係ない、些末《さまつ》な部分じゃないか。そんな細かなところは、俺からしたらどうでもよくて――」

「些末《さまつ》な部分だからこそ、そんなどうでもいいことで読者につまずいてほしくないの！　リアリティの欠如はファンタジー要素で起こるんじゃない、その物語世界のなかでの整合性の欠如で起こるんだから！　わたしは自分が気になった部分を指摘したいだけ、でもそれだけじゃ悪いかなと思って対案を出したわけ！」

藤袴《ふじばかま》は啞然《あぜん》として、ちいさな声を漏らした。

「………なにこれ？」

ホワイトボードには『龍のカゴ釣り』とおおきく書かれ、さまざまな文章が記されている。

セットアップ。ターニングポイント。ミッドポイントなどなど。それらの名称は、以前、鴨《ひよどり》華《ばな》がコピー用紙に印刷してきた構成案にも書かれていたものだ。

なんだっけ、そう、三幕構成——。

「わたしは個人的に、現実世界ががっつり絡《から》んだロー・ファンタジーだと整合性が気になるときがあるけど、ハイ・ファンタジーなら〝この世界はそういうもの〟でだいたい納得できるから、そうしたらどうかと提案したの。ったく、改稿なんてぐちゃぐちゃに切ってつないでが当たり前なのに、空木《うつぎ》は変に警戒しすぎ……、……藤袴《ふじばかま》」

続けていた鴨《ひよどり》華《ばな》が気づいたので、藤袴《ふじばかま》はおずおずと挨拶した。

「う、うん、ヒヨちゃん。やっほー」

言いながら部室内に進む。

鴨《ひよどり》華《ばな》が藤袴《ふじばかま》の顔を見つめて、にっこりした。

「藤袴《ふじばかま》、眼鏡は？　もしかして今日コンタクト？」

「そう、……うん。たまには良《い》いかなって……」

「ってか、髪型も変わってる！　可愛《かわい》い！　似合ってる！　週末、美容院行ったの？」

「そ、そーだよ！　部活もなかったし、……その、気分転換で……。空木《うつぎ》はどう思う？」

藤袴《ふじばかま》はサイドの髪をいじいじとつついて、空木《うつぎ》に尋ねた。

空木《うつぎ》は藤袴《ふじばかま》を見てうなずいて、鴨《ひよどり》華《ばな》に向き直った。

「いいんじゃない？　ひとつのスタイルに固執しない柔軟さは、なんであれ良《い》いことだよ。自分の意見こそが絶対だとぐいぐいくるよりもさ」

「はあー!?　なにそれいまの嫌味どうなってんの、よりにもよって空木《うつぎ》が言うこと？　だれよ、ついこないだまで三幕構成おえおえー、セットアップなにそれ美味《おい》しい？　ターニングポイント？　ファックファック！　みたいな反応してたのは！　それこそ空木《うつぎ》のなかで整合性取れてんの？」

「鴨華《ひよどりばな》が『天才ひよどりばな先生の推しごと！』の条件にしたからだから」

「えっへっへー、はいダウト！　わたしはついいま空木《うつぎ》と打ち合わせしてて改めて実感してるんだよ。空木《うつぎ》はやっぱり、筋金入りで、納得するまでは修正や変更はできないタイプなんじゃん。でもそれ逆に言えば、三幕構成を取り入れるのも今回の改稿も心のどっかでは、面白そう、と感じてるわけでしょー？」

「……う」

空木《うつぎ》が痛いところを突かれた顔になった。

少なくとも藤袴《ふじばかま》は、空木《うつぎ》のそんな顔は見たことがなかった。

鴨華《ひよどりばな》がここぞとばかりにたたみかける。

「自由人の空木《うつぎ》きゅんにちょうどいい言い訳があってよかったでちゅねー？　たしかに一歩踏み出したことが照れくさくなるくらいには、これまでの空木《うつぎ》きゅんは意固地でちたからねー？

でも心配しなくても良いでちゅよー？　自分の意見が絶対だと固執しない柔軟さは素晴らしいでちゅからね――」

「ちょ、ちょっとタンマ！　待ってくだせえ！」

藤袴《ふじばかま》はなんとか、慌てて声を張りあげた。

このままだといっさい話に入れなそうだった。

「ふたりとも、いったんストップして？　あたしふたりがなんの話してるのかぜんぜん見えてないんだけど⁉」

空木《うつぎ》と鵯華《ひよどりばな》、それに綾目《あやめ》が視線を向けてくる。

綾目《あやめ》に関しては、妙にやさしい顔つきに見えた。似た表情をどこかで見た憶《おぼ》えがある。……そうだ、あれは何年か前だ、高校野球のTV中継を観《み》ていた、藤袴《ふじばかま》の父。敗北して号泣する野球部員たちを、大人の訳知り顔で見守っていたときの……。

いや、それはいい。

いま大事なのは。藤袴《ふじばかま》に嫌な予感を与えているのは――。

「――空木《うつぎ》が言った『天才』なんちゃらって、なに？」

藤袴《ふじばかま》の問いかけに、空木《うつぎ》がなんともなさげに答えた。

「俺と鵯華《ひよどりばな》のラブコメディだよ。仮だけど、昨日の夜にタイトルを思いついて、俺のなかでぴったりはまったから、鵯華《ひよどりばな》とも相談してとりあえずそう呼ぶことにした。鵯華《ひよどりばな》からはダジヤレじゃねーか、と言われたけどさ。でも悪くないって」

空木《うつぎ》は楽しそうな表情をした。

「あはは、藤袴《ふじばかま》、鳩《はと》が豆鉄砲を食ったよう、って言葉の見本みたいな顔になってる」

「こら空木《うつぎ》、笑ってんじゃない。……ごめん藤袴《ふじばかま》、綾目《あやめ》にも言ったんだけど、隠したかったわけじゃないの。今日、この部活でちゃんと報告するつもりだった」

藤袴《ふじばかま》は首を思いきりひねった。

「ヒヨちゃん、なにを?」

「その、……空木《うつぎ》と付き合うことになったの」

つ?

「そうして空木《うつぎ》が、わたしを——ううん、わたしたちの恋を題材にしてラブコメディを書く。わたしは前提条件として、空木《うつぎ》に三幕構成を理解するように頼んだんだ。多くの人から見ても面白い小説に仕上げてほしいから」

「俺はその『天才ひよどりばな先生の推しごと!』のプロットをこれから書いていくわけだけど、鵯華《ひよどりばな》は同時進行というか、どっちかって言うと優先して、一度、俺に好き勝手に書き散らすだけじゃない小説を書く練習をさせたいんだってさ」

「そのための『龍のカゴ釣り』の改稿よ。三幕構成の利用と、物語上の conflict の設定。一から小説を書くのは労力使いすぎだからね。企画として煮詰めていないから、デビューを目指す作品にするには根本的なフックが足りないとこがあるんだけど、それでも出来自体は悪くないものができそうには思う」

「……ああ。……あー。うん。なるなる。はは、なるほど」

藤袴《ふじばかま》は笑顔を作って、おおきくうなずいた。

「ヒヨちゃんはすごいなー。空木《うつぎ》の小説のために、そこまで身を投げ打ってあげるのかー。やっぱヒヨちゃんみたいな本物は意気込みがちがうんだねぇー。空木《うつぎ》は幸運だねぇ……。でも空《うつ》木《ぎ》、ヒヨちゃんが魅力的だからって勘ちがいしちゃ駄目だぞー。ネタのためのごっこをほんとうの恋愛だと思っちゃったら――」

綾目《あやめ》が、見ていられない、といった様子で、両手で顔面を覆っていた。

空木《うつぎ》がさらりと言う。

「ごっこじゃないよ。ちゅーしたし」

「……………ん？

……ん？　んん？　へ？　んんんんんんん!?

「う、空木《うつぎ》っ」

鵯華《ひよどりばな》は叱る声を発したが、その表情が羞恥心に震えていたため、空木《うつぎ》の発言がでたらめだったのではなく、恥ずかしかっただけなのはあきらかだった。むしろ、恥ずかしそうな鵯華《ひよどりばな》は、同性に恋したことのない藤袴《ふじばかま》がどきりとするほど可愛《かわい》かった。

藤袴《ふじばかま》の思考はぎゅるぎゅると勢いよく空回りしていた。ちゅー？　ネズミの鳴き声ではないよね？　あれれ？　んー？　なんだこれ？

ナイトメア？

藤袴《ふじばかま》は自分でも、よくぞ笑顔を保てたものだと思った。

「あははーそうなんだ、良かったねぇ空木《うつぎ》。でもあんまデリカシーないのは、ヒヨちゃんがかわいそうだから駄目だよぅ？　あははーめでたいねぇ」

空木《うつぎ》と鵯華《ひよどりばな》はそのあとも『龍のカゴ釣り』の改稿について激論を交わしていたし、藤袴《ふじばかま》もときどき意見を求められた気がするし、綾目《あやめ》はなぜだか藤袴《ふじばかま》にやたらやさしかったし、橘《たちばな》はキヤバ嬢とのやり取りではなくソシャゲに課金しまくっていたらしいが、全体的にあまり憶《おぼ》えていない。

気づけば笑顔のまま部活を終え、笑顔のまま空木《うつぎ》といっしょに下校し、笑顔のまま帰宅していた。

「あら？　桐子《とうこ》、良《い》いことあった？　もしかして、髪型やコンタクト姿を空木《うつぎ》くんたちに褒めてもらえたの？」

母親からそう問われたので、よほど満面に近い笑みだったのだろう。

藤袴《ふじばかま》は笑顔のまま漫画を読んで、笑顔のまま勉強に励み、笑顔のまま食事や入浴などを済ませ、笑顔のまま鴨華《ひよどりばな》先生の動画を観《み》て、笑顔のままベッドに入った。

目をつむって三分後に跳ね起きてトイレまで走って、ヴォエエエっ！　と盛大にゲロを吐いた。

挑戦する前に、すでに決着していたのだった。

第三章　世界を彩《いろど》る色とりどりの地獄

9.

当初は空木《うつぎ》と鵯華《ひよどりばな》の関係がいまいちよくわからず、生徒たちは遠慮し、訊《き》くに訊《き》けなかったのだろう。

空木《うつぎ》が鵯華《ひよどりばな》を振ったというのはデマだった、ほんとうはむしろ付き合っているらしい。そんな噂話《うわさばなし》が校内中に回りきった五月中旬からは、どストレートに尋ねられることが増えた。

「鵯華《ひよどりばな》さんってどんな子？」

と。

そのなかには、小田巻《おだまき》、という名の男子生徒もいた。

空木《うつぎ》とおなじ高校二年S組のクラスメイト、つまり学年にひとつしかない特進クラスの生徒だ。

空木《うつぎ》は中学一年から四年以上ずっとおなじクラスなわけで、仲良くはないがそれなりに知っている。成績は国語を除いて空木《うつぎ》よりはるかに良く、学年のトップグループに属するといって良い。それほど熱心に勉強しているわけでもないらしいのに、第一志望である旧帝大の偏差値の高い学部に余裕の圏内らしいので大変に優秀だ。

しかし同時に馬鹿でもある。

「鵯華《ひよどりばな》ちゃんの食べ物の好みはなんだ？　好きな音楽は？　好きな色は？　というか好きな下着のデザインとブラジャーのサイズはなんだ？　あと好きな体位も」

人とはちがった人が好きな空木《うつぎ》でさえ、排水口に溜《た》まった髪の毛とカビを見るまなざしを禁じ得ない。

「おまえさぁ……」

「待て空木《うつぎ》、おまえもしかして、僕が鵯華《ひよどりばな》ちゃんを寝取ろうとしてると勘ちがいしてないか？　あるいは、好色丸出しな興味から訊《き》いていると？　それこそゲスの勘ぐりだ。僕は合理的に準備しているだけなのだよ」

「なにもわからないから、日本語で意味を解説してくれるかな」

「空木《うつぎ》には、自分が変わり者だという自覚はあるだろう？　とつぜん、道ばたのシロツメクサの花を数時間眺めるような人間だと。鵯華《ひよどりばな》ちゃんからあっという間に愛想《あいそ》を尽かされ、ふたりが別れる可能性は低くない。そのときに備えているんだ」

空木《うつぎ》はつい苦笑した。

「去年の夏休み、B組の山吹《やまぶき》の件でちょっと揉《も》めたの忘れたんか？　まあ最終的には俺が決めたことで、べつにおまえのせいじゃないんだけどさ」

「憶《おぼ》えている。結果論だが、あれは……お祖母《ばあ》さんのことはほんとうに申し訳なかったと思っている。ただそれとこれはちがう話だ。なにせあの顔にあのおっぱいだ……。相手に迷惑をかけなければ純愛さ。迷惑をかければストーカーなのはわきまえてる。で、どうなんだ？　僕の質問に答えてくれ。さあ。……さあ！」

「あれこれは答えてやんない。でも、いっこだけ。……鴨《ひよどり》華《ばな》はおまえが思ってる何倍かわからないくらい可愛《かわい》いよ」

「……くそおおおおっ」

その程度に答えながらも。

周りからどんな子かと問われると、空木《うつぎ》は笑いそうになる。鴨《ひよどり》華《ばな》はその容姿と雰囲気と経歴に加え、どうやら空木《うつぎ》たちに関係ないところでの外面もすこぶる良《い》いようなので、みんな雲の上の存在を語るような話し方をするからだ。

しかし空木《うつぎ》の印象では——。

放課後の超・文芸部部室。

いちばん乗りだと思ったが、鴨《ひよどり》華《ばな》が先にきて鍵を開けていた。

普段は中央に置かれている机と椅子をなぜか横にずらした上で、部室のど真ん中に立って戸口のほうをじっと見つめてきていた。

引き戸を開けた空木《うつぎ》と目が合うと、にぃ、といつもとは雰囲気のちがう、妖艶《ようえん》な笑みを浮かべる。が、その直前に、あっ最初にきたの空木《うつぎ》だった、やった、という感じに表情をかがやかせたせいで台無しだ。

ただ本人には自覚がなかったらしく、なまめかしく訊《き》いてくる。

「——『龍のカゴ釣り』の改稿は順調かしら？」

「鵯華《ひよどりばな》には、進捗状況をほぼリアルタイムで教えてるだろ」

「まあね。正直、けっこう器用に改稿できるじゃんと感心してる。やっぱコンテキスト読めるからだろうね、空木《うつぎ》自身が修正の方向性に納得できてる状態なら悪くないんだ。とはいえ、ファンタジー世界の物語をちゃんと書くのはじめてでしょ？　ゲームや漫画で馴染《なじ》みはあっても、小説は読んだ数も少ない。……だから」

鵯華《ひよどりばな》は自らのスカートの裾をつまんで、ばさりと揺らす。

何冊もの文庫本が、ばらばらっと床に落ちた。

「筆致に良《い》い影響を与えられるよう、これらを読んでおきなさい。泣く子も黙る鵯華《ひよどりばな》先生おすすめ、名作傑作そしてエンタメ極振りのファンタジー小説たちよ。どれも文句なく楽しめること請け合いの……、……空木《うつぎ》、なにを笑ってんの？　わたし、単に手渡すより空木《うつぎ》が読む気になるかと思ってやったんだけど」

——こんな感じに、残念なところのある少女だ。

そしてそこも愛らしく思う。懸命に動き回っている小動物を見ている気分になる。

次はどんなことをやらかすのかとわくわくする。

空木《うつぎ》にとって鵯華《ひよどりばな》の言動は極上のエンタメであるし、その感情の移ろいは味わい深い文学のようでもある。いっしょにいれば楽しいし、観察していて面白いし、しょっちゅうではないが、ごくたまに——。

鵯華《ひよどりばな》がこの世界に存在する事実に、感じ入って泣きそうになる。

空木《うつぎ》は鵯華《ひよどりばな》の足元にしゃがんで、カバーがめくれかかった文庫本を拾う。

「本好きに、本を大事にしなさい、って叱られるんじゃないか？」

鵯華《ひよどりばな》は、ぐうの音も出ない、といった面持ちになった。

「それは……、……はい。ごめんなさい。その通りでした。……一回、やってみたかったの。お嬢様っぽい挙動で、スカートから武器的なものを出す演出……」

いっしょに本を拾いはじめた鵯華《ひよどりばな》に、続けて言ってやった。

「あと、ばさっとやりすぎて、ちらりとぱんつ見えてた」

「……はあぁぁぁっ——⁉」

鵯華《ひよどりばな》が真っ赤になって叫んだところで動きを止めたのは、ヴゥウゥ、ヴゥウゥ、と振動音が響いたからだ。

鴨《ひよどり》華《ばな》の制服のポケット？

ＡＩＡ学園も、本来はスマートフォン等使用禁止。当然と言えば当然だ。ただ、空木《うつぎ》は放課後のみ部活のためにタブレットＰＣの使用許可をもらっており、鴨華《ひよどりばな》も同様に、部活のためという名目で、スマートフォンの電源を入れる許可をもらっているはずだ。実際、部活中ふいに、楽しげに写真を撮られることも増えた。

鴨華《ひよどりばな》は固まったわけで、むろん鳴っている自覚があるはずだが、なぜか取ろうとはしなかった。

「……ヒヨちゃん、スマホ鳴ってない？」

空木《うつぎ》の背後で声がした。

部室にやってきた藤袴《ふじばかま》だ。コンタクトはあの一日だけで、いまはもう眼鏡に戻っている。藤《ふじ》袴《ばかま》は『龍のカゴ釣り』改稿のためのメモ書きが残されたままのホワイトボードを一瞥《いちべつ》して、歩を進めた。椅子に座ったところで、一度鳴りやんだ振動音が再び鳴りはじめたことをうるさそうにして、言った。

これまで空木《うつぎ》があまり聞いたことのない、やさぐれた声音だった。

「ヒヨちゃん、相手がだれかくらい確認したら？」

鴨《ひよどり》華《ばな》は仕方なく、ポケットからスマホを取り出した。

相手を確認して、ため息をつく。通話拒否をタップする。

「大丈夫か？　電話に出ても橘《たちばな》先生ならうるさく言わないだろ」

空木《うつぎ》の問いかけにも、立ちあがりながらうなずく。

「いいの。空木《うつぎ》の前で取っちゃって、不快な思いしたくないし」

それでこの着信の会話は終わりだった。

橘《たちばな》が綾目《あやめ》と連れ立ってやってきて、教頭が喜んでいたよ、僕も褒められてほくほくさ！　と切り出す。

公式サイトに掲載するコラムの執筆を学校から頼まれた鵯華《ひよどりばな》が、快く引き受けて、つい昨日実際に原稿を提出したからだ。もちろん身元は非公開で。そのコラムは空木《うつぎ》も数回書かされたが、鵯華《ひよどりばな》が書いたなら出来の良さがちがうだろう。

そもそも、教頭は鵯華雪子《ひよどりばなせつこ》の大ファンなのだという。

空木《うつぎ》はたしかに目撃した。

鵯華《ひよどりばな》が通話拒否した際、スマホに表示されていた名前は、その〝鵯華雪子《ひよどりばなせつこ》〟であった。

そういえば空木《うつぎ》は、鵯華《ひよどりばな》の口から母親の話題を聞いた記憶がほとんどない。空木《うつぎ》は鵯華《ひよどりばな》の好きな音楽も、好きな色も、好きな下着のデザインも、大作家である母親をどう思っているのかも、知らない。

……いや、下着については先ほど多少知ってしまったか。

鴨華《ひよどりばな》のことをもっと知りたいと、いまは当然思っている。空木《うつぎ》は拾い集めた文庫本をバッグに入れて、代わりにタブレットPCを取り出す。今日も今日とて、下校時間まで『龍のカゴ釣り』の修正をするつもりだった。

舞台は鵯華《ひよどりばな》と侃々諤々《かんかんがくがく》の議論の末、空木《うつぎ》自身納得して、現代日本でのロー・ファンタジーから、完全な架空世界のハイ・ファンタジーに変更した。

現在、一話につき三千字から四千字ほどで第六話目、三幕構成でいえば第一のターニングポイントのすこし前のシーンだ。

——ヨハン・アケルマンにとって龍が仇敵《きゆうてき》であり、生活の糧《かて》であり、それ以上に生きがいでもあるのはたしかだ。

数多くの龍釣り師がそうであるように。

「都にも、五十メートル超の〝年なし〟の龍を狙う人は多いけど、そういう人たちはたいていすぐに死んじゃうよ」

後ろから淡々とした声を、冷や水のように浴びせられて、ヨハンは苛立《いらだ》ちを覚えた。なんでこいつ自分の師匠といっしょに都に帰らなかったんだ、と思う。

横目でちらと窺《うかが》うと、夕マズメの陽射《ひざ》しのなかで、この地域には珍しい真っ黒な髪がかがやいていた。黒龍の鱗《うろこ》のようだ。ヨハンをスカウトにきた、あのベテラン龍釣り師が育てているという少女。

名前はなんだったか。

ヨハンは、赤く、一見しただけでは雲がまったく動いていないようにさえ見える凪《なぎ》の空に向き直って、思い出した。

そうだ。

ナギだ。新城《しんじょう》ナギ。ヨハンと同い年だと言っていたか。

「あなたの叔父さんもそうでしょう？　わたしも彼の伝説は知っている。あなたの叔父さんは帝国史上最大記録である七十・二メートルの龍を釣って、その十数年後、やはり七十メートル級と思われる雌龍に殺された。その雌龍には逃げられた」

「……そのサイズの龍に対してわざわざ雌龍と言う必要はない。そんな言い方する龍釣り師はいない」

「え？　ああ……そうだったね。龍は性転換するんだったね」

成長とともに性転換する幻獣は珍しくない。ただそういった種はたいてい雌性先熟であり、龍のように生誕時にすべて雄である幻獣は珍しい。

龍は誕生から五十年ほどが経《た》ち、全長が三十メートルを超えると、雌に性転換する個体が現れはじめる。いったいどれほどの年月を生きているかわからず、敬意を持って〝年なし〟と呼ばれる龍、つまりランカーサイズの個体であればその多くが雌だ。六十メートルを超えれば、ほぼ百%が雌と言われる。

「ごめんよ。わたしはそんな常識すら知らなかったわけではないんだ。わたしは〝年なし〞の龍をはじめて間近で見たとき、顔が雄とちがう、と強烈に思ったんだ。だからつい、雌龍と言ってしまう。師匠はこの話を、よくわからんな、と首を傾《かし》げてた。でも――」

「俺はわかるぞ。雌の龍の目は慈愛に満ちてる。たしかに、雄の龍とはちがう。叔父さんを殺した奴《やつ》もそうだった。雌は慈愛に満ちた目で人間を見つめて、原形のないほどぐちゃぐちゃに殺すんだ」

ヨハンはつぶやき、龍釣り専用のカゴに撒《ま》き餌《え》を詰める。龍の餌は、魔力を帯びた宝玉だ。刺し餌にも撒《ま》き餌《え》にもおなじものを使う。撒《ま》き餌《え》に関しては宝玉を砕く者もいれば、さまざまな混ぜ物を入れる者もいる。しかしヨハンの叔父は、ただ剝《む》き出《だ》しのそのままを使うことを好んだ。

だからヨハンもおなじやり方をする。

「ヨハンは、叔父さんの仇《かたき》を討ちたいの？　師匠がヨハンのことを、才能がある、あの若さで四十メートル超の龍を五柱も獲《と》った者はおらん、と褒めてた。でも、復讐《ふくしゅう》に囚《とら》われているかぎりいずれ必ず死ぬ、とも言っていた。殺気は視界を曇らせ、竿《さお》、糸、釣り鉤《ばり》を通して龍にも伝わるって」

「なあ、おまえはどうしてそこに座って、俺と喋《しゃべ》ってるんだ？　ヒマなのか？　早く師匠を追いかけて都に帰れよ」

「わたしはヨハンと話すのが楽しい。だからここでこうしている」

「はっ。わかってないな。俺はそれより楽しいことを知ってるぞ」

わかっていないのはナギだけではない、ナギの師匠もおなじだ。

ヨハンはたしかに龍を恨んでいる。叔父を殺した個体は必ず仕留めたい。ただし、ヨハンが龍釣りという危険な仕事でたつきを立てているのは、復讐《ふくしゅう》心からではない。

叔父も言っていた。

──憎しみはいつまでも続かない。

──生涯続くのは、楽しさだけさ。

叔父の形見である、遠投龍竿《りゅうざお》を手にすると、それだけで気分が昂揚する。使用する魔糸やウキ、仕掛けの組み合わせを考えるのにも知的な楽しみがある。新しい戦術が閃《ひらめ》くと、すぐにでも試してみたくなる。龍以外の幻獣がかかったときもその引き方は千差万別で面白いし、本命の龍の、体中の魔力を残らず持って行かれそうな強烈な引きには、脳内物質がすさまじくあふれ出る。

自分はいま生きているんだ、と感じる。世界がかがやいて見える。

要するに、そう──。

ヨハンは、夕空へカゴをキャストする。ナギはヨハンを、まるでまばゆいものを見るかのように眺めていた。ヨハンは全身を駆けめぐる興奮で実感する。——ヨハンが龍釣りに生涯をかけるのは、楽しいから。

雲鳴りの音と吹きはじめた風を浴びて、笑う。

このすべてが楽しくて仕方ないから。それだけだ。

空木《うつぎ》は波の音と風を浴びて、切り出した。

「……疑問に感じたんだ。俺は鵯華《ひよどりばな》のことをどこまで知っているのかってさ」

六月頭の土曜日だ。よく晴れているが、天気予報では来週の半ばから雨とのことで、そろそろ梅雨入りしそうと言われていた。

「恋人なのに、俺は鵯華《ひよどりばな》の経歴やパンケーキが好きそうだったことや、ちらりと見えたぱんつの色が意外と赤だったこと、国語以外の得意科目は日本史と体育、トライポフォビアの気がある、血液型がAB型、というようなことしか知らない……」

鵯華《ひよどりばな》は空木《うつぎ》と海を交互に見やって慌てる。

「けっこう知ってるくない⁉」

「だから、思うところがあってちょっと情報収集してみたんだよ。そういえば言ってなかったけど、前に鵯華《ひよどりばな》の本、電子書籍で買って読んだ。面白かった」

「え⁉ そうなの、そ、それはありがとう――……だけど！ なんで――」

「でもまだ足りない。俺はぜんぜん、鵯華《ひよどりばな》という人間のことを汲《く》み尽くせていない。鵯華《ひよどりばな》のなにからなにまでも知りたいと感じてる。動揺させたり喜ばせたり恥ずかしがらせたりして、ころころ変わる新しい表情もたくさん味わいたい」

「いやっ……、そう言われるのは悪い気しない、けど、……なんっ……なんでいま⁉ 呑気《のんき》に雑談はじめてる場合じゃなくない⁉ ……網！ ごめん綾目《あやめ》、ええっと……なんだっけ、そうだ玉網、わたしの玉網取ってきて！」

ごんっ！ ごんっ、ごんっ！ と、叩《たた》くような引きを感じる。

空木《うつぎ》の、父親のお古の遠投磯竿《いそざお》が、見事なまでの弧を描いてぎゅんぎゅんに引かれている。

……潮に乗せて流していたウキが、しゅぱん！ と一気に沈み、空木《うつぎ》は糸ふけを取って合わせたのだった。そして竿《さお》に、これまでに経験したことのない重みが乗った状態で、空木《うつぎ》は話しはじめたわけである。

竿《さお》の曲がり具合が尋常ではないので、鵯華《ひよどりばな》は空木《うつぎ》がいつまでもリールを巻きはじめないことに焦《あせ》っている。おなじく慌てた綾目《あやめ》が魚を掬《すく》うための玉網を取ってきて、鵯華《ひよどりばな》がそれをぶんどる。必死に訴えてきた。

「空木《うつぎ》そろそろリール巻いて！ 逃げられちゃうでしょ！」

「というわけで、一度、鴨華《ひよどりばな》の家にもお邪魔したいな」

「は⁉　な、なに？　急に……！」

「俺の予感が言ってるんだよ。鴨華《ひよどりばな》の懐《ふところ》にもっと踏み込んだほうが、さらに面白いことになるんじゃないかって。それは当然『天才ひよどりばな先生の推しごと！』のアイデアにもなる。で、鴨華《ひよどりばな》は俺の家にきたことあるし、逆はどうだろなと思っただけ。姉ちゃんと暮らしてるんだよな？」

「お姉ちゃんとお祖母《ばあ》ちゃんとだけど、家はちょっぴり恥ずかしいというか、……いやそうじゃない！　逃げちゃうから巻いてってば！　ドラグがずっと出たり止まったり――」

「駄目？　迷惑かな？」

「め、迷惑なわけじゃ、……あぁ！　もういいから、わかったからあげて！」

「よし。約束な。やりぃー」

「……あっ！　空木《うつぎ》わざと大物かかったタイミング狙ってた⁉」

空木《うつぎ》はにんまりして、ドラグをある程度締め込んでゴリ巻きをはじめた。

綾目《あやめ》はおろか、それまで超・文芸部員たちをほったらかして自分のちょい投げ釣りに精を出していた橘《たちばな》でさえ、いったいどんな魚がかかったのか見物にきた。

空木《うつぎ》は、引き方とポイントからほぼ確信していた。

巻きながら鴨華《ひよどりばな》を見る。

「これ十中八九マダイだと思うけどさ、無事に獲《と》れたら、ただ食べるだけなのはもったいない気がするな。ふつうに美味《おい》しく食べる、というのはこないだもやったしさ。……明日、デイキャンプでもやって、木の枝刺して焚《た》き火《び》で焼いて食べてみない？」

「その提案はすんごく面白そうだけど、とりあえず釣りあげるまでは集中して……！　空木《うつぎ》が書く『龍のカゴ釣り』のヨハンも、竿《さお》に乗ったあとは完全に集中してるでしょ！　藤袴《ふじばかま》からも空木《うつぎ》になんか言ってやって！」

鴨《ひよどり》華《ばな》の悲鳴に、アウトドアチェアに座ったままの藤袴《ふじばかま》が、自身のスマートフォンから目を離さず答えた。

「あたしいま漫画読んでっから」

「えっ、藤袴《ふじばかま》……」

「空木《うつぎ》の言動なんかに一喜一憂してるヒマないっす。空木《うつぎ》にお熱ぱっぱっぷーなヒヨちゃんとちがって」

「最近なんかわたしに冷たくない⁉」

藤袴《ふじばかま》が冷たい――というか、なんだかとげとげしているのはその通りなのだった。鴨《ひよどり》華《ばな》だけにではない。空木《うつぎ》に対しても。

10.

市街地から二十分ほど離れたキャンプ場だ。

キャンプギアはすべて橘《たちばな》の私物で、昨日、釣りのあとにあったGⅢレースで馬鹿勝ちしたという橘《たちばな》は、準備のみならずカップラーメンとマシュマロまでつける大盤振る舞いだった。そうしてひと通り楽しんだあと、空木《うつぎ》はなんとなく藤袴《ふじばかま》に話しかけた。

「マダイ、すんごい美味《うま》かったな。藤袴《ふじばかま》はどうだった？」

「はっ、あたしじゃなくて愛《いと》しのヒヨちゃんに訊《き》けば｜？」

「……………え？」

空木《うつぎ》はびっくりしたし、綾目《あやめ》は、痛々しくてとても見ていられない……といったふうにうなだれていた。鵯華《ひよどりばな》はちょっと焼け焦げたマシュマロの刺さった串を持ったまま、当惑で目をしばたたかせていた。

橘《たちばな》はいっさい空気を読まず、名案を思いついた顔で、そうだ、みんな煙を浴びたし、日帰り温泉施設寄って帰ろうか、と言った。

のちのち鵯華《ひよどりばな》から聞いたところでは、藤袴《ふじばかま》はそこでも荒《すさ》んでいたらしい。

朝、空木《うつぎ》のスマートフォンに電話がかかってきた。それで空木《うつぎ》はご近所、藤袴《ふじばかま》の家の玄関先に一度寄ってから、ひとりでＡＩＡ学園に登校した。そのまま高校三年Ｃ組——藤袴《ふじばかま》の教室まで足を運んで、藤袴《ふじばかま》の母親から頼まれた包みを渡す。

「はいよ」

「…………」

「藤袴《ふじばかま》のお母さんから連絡があってさ、今日はせっかくお弁当を作ったのに桐子《とうこ》が忘れちゃったから持ってってってと。で、これ」

「…………」

「ありがとうは？」

藤袴《ふじばかま》は包みを受け取りつつも、脂汗を浮かべ、視線をそらし、悔しそうに、ものすごく言いたくなさそうに口をもごもごさせた。

空木《うつぎ》は笑顔で首を傾《かし》げる。

「藤袴《ふじばかま》ちゃん？」

「…………ウェル……」

「なに？」

藤袴《ふじばかま》は、ありがとうと言わなければならないのに断固として言いたくないconflictで、血を吐くように言った。

「ダンク……ウェル」

「それ何語」

「……オランダ語」

「江戸時代かよ」

部室に入ると、先にきていた綾目《あやめ》から問われた。藤袴《ふじばかま》もいる。

「空木《うつぎ》、嫌なことでもあったのか？」

空木《うつぎ》の表情から判断したのだろう。

だから空木《うつぎ》は深い意味などなく素直に答えただけだ。

「綾目《あやめ》は俺のことほんと大好きだなぁ。嫌というかめんどくさかっただけなんだけどさ、小田巻の馬鹿がうるさかったんだ。この学校でいちばん鵯華《ひよどりばな》ちゃんについて詳しいの空木《うつぎ》だろう、彼氏ならではの視点で特別情報をぜひ、としつこくて」

「惚気《のろけ》？　死ね」

「「……………」」

ぼそりと吐き捨てた藤袴《ふじばかま》は、空木《うつぎ》と綾目《あやめ》が視線を向けた先で、漫画から顔をあげもしなかった。鴨華《ひよどりばな》はまだきていない。橘《たちばな》はこなくてもぜんぜんかまわない。

＊

あんなにも完璧なのはずるい。ちょっとどうかと思う。

そんなにひいきしてはいけませんよ、と神様に注意したくなる。

藤袴《ふじばかま》は焚《た》き火《び》デイキャンプの日、日帰り温泉施設に立ち寄った際、鴨華《ひよどりばな》といっしょに入浴したのだ。

あの顔で、藤袴《ふじばかま》など比較にならない巨乳で見た目も完璧で、腰まわりの曲線もうっとりするほど美しいなんて、ふざけてんのか。この世は不公平すぎる。むかしなにかの本で観《み》た、上村松園の『焔《ほのお》』になってしまわないほうが難しい。

空木《うつぎ》のマダイも、その翌日のデイキャンプの焚《た》き火《び》で焼いて食べたことも、本来なら藤袴《ふじばかま》もエッセイ漫画のネタにしたい出来事だ。

なんなら、超・文芸部の季刊部誌に載せる4コマ漫画のほうでも良《い》い。藤袴《ふじばかま》は空木《うつぎ》ほど創作意欲が盛んなわけではないが、それでも、ネタにしたい事柄は溜《た》まっている。

ネタとはべつに、単に好きで描きはじめて、完成していないイラストもいくつかある。だがなにもしたくなかった。

超・文芸部の部室では何度か、地獄かよ、と胸中でうめいた。

しかし漫研のほうも居心地悪くなってしまった。

藤袴《ふじばかま》は漫研のだれにも結果を報告していない、そもそも報告するような結果がない。

空木《うつぎ》と鴨華《ひよどりばな》が付き合っていると知った翌日、放心状態のまま、超・文芸部には行けず漫研の部室に向かった。ほんとうに、だれもなにも知らないはずだった。

それなのに、だれもが藤袴《ふじばかま》の表情を見た瞬間、あ、これは駄目だったやつだ、と悟って目をそらした。

全員が口裏を合わせることもなく、自然な成り行きとして、あの友情の盛りあがりはなかった感じになっていた。

「――あの、みなさん？　るりぴょん？」

藤袴《ふじばかま》がおそるおそる声をかけると、るりぴょんは冷や汗を流しながらも、鉄の意志で前日の記憶を消した笑顔になった。

「あら桐子《とうこ》ちゃん、ちょうど良かった、わたしのネームに意見くれない？」

「………いいけど、あたし、いま批判と悪態以外口にできねーぞ」

これは良くない、という自覚はある。

ぜんぶぜんぶ、なにもかも八つ当たりだ。根本的なことを言えば、藤袴《ふじばかま》に周囲に苛立《いらだ》ちを向ける資格はない。空木《うつぎ》や鵯華《ひよどりばな》にさえだ。

充分に認識できている。

藤袴《ふじばかま》は空木《うつぎ》に、好きだという気持ちを伝えてすらいない。

十七年もずっとチャンスがあったのに。

鵯華《ひよどりばな》が現れる前、という最高の機会をドブに捨ててきたのは藤袴《ふじばかま》自身なのである。だれよりもわかっている。空木《うつぎ》は悪くないし、鵯華《ひよどりばな》もいっさい悪くない。もちろん綾目《あやめ》や漫研のみんなも悪くないし、橘《たちばな》は視界からできるかぎり消えていてほしい。

なのに、なのに――。

今日も部室で、空木《うつぎ》と鵯華《ひよどりばな》が『龍のカゴ釣り』について議論している。

「――ミッドポイントでは、いったん物語をピークまで持ってきても良いんだろ？　この物語のテンションはヨハンの〝楽しい〟と連動してるから――」

「――空木《うつぎ》の筆致的に〝年なし〟の龍を釣りあげる描写にはヨハンの〝楽しい〟がぎっちり詰め込まれるんだから、そこは難しく考えず、いま書き直してる方向性のままで良《い》いでしょ。手強《ごわ》い龍を仕留めて、でも一度は後れを取ったライバルに打ち勝つために無理をしたから、毒である龍の血がナギに散って――」

耐えられない。

駄目だ。

なんで？　という疑問が頭を埋め尽くす。

藤袴《ふじばかま》は、空木《うつぎ》のことをほかのどの女の子より知っているのが自慢だった。最初は格好いいと言っていた女の子が空木《うつぎ》の言動に接し、やっぱり変わってるよねえ、と引き下がるのがうれしくてたまらなかった。

自分だけがほんとうの空木《うつぎ》の良さを見て取れる、と自負していたのに。

なんで、鵯華《ひよどりばな》と話すときの空木《うつぎ》は、あんなにも楽しそうなの？

これまで藤袴《ふじばかま》が何回か意見を言っても聞いてくれたことはなかったのに、なんで、いまはせっかく一度書いた『龍のカゴ釣り』を全面的に修正しているの？

そんなのおかしい、やりたいことをやって書きたいことだけ書く、それが空木《うつぎ》じゃん。なんで、なんでなんでなんで、そんなの空木《うつぎ》じゃない、だって空木《うつぎ》の小説は――――。

「――空木《うつぎ》は、お祖母《ばあ》ちゃんのために書いた純粋な小説を、三幕構成やらなんやらの上辺の飾りで、ぐちゃぐちゃに改造して平気なわけ？」

気づけば口にしていた言葉は。

銃弾とおなじく、放たれた以上はなかったことにできなかった。藤袴《ふじばかま》ははっと我に返る。空《うつ》木《ぎ》のぽかんとした、銃弾が当たったのに理解できていない人のような顔で、自分がいまいったいなにを言ったのか悟った。

血の気が引いた。

藤袴《ふじばかま》は、綾目《あやめ》と橘《たちばな》はおろか鵯華《ひよどりばな》がどんな反応をしたかすら見なかった。体の芯が震えた。いま自分は、吐いてはならない言葉を吐いた。

気分が荒れていることは関係ない。そんなこと免罪符にならない。藤袴《ふじばかま》は慌てて立ちあがりながら謝った。

「空木《うつぎ》、ごめんっ――」

藤袴《ふじばかま》のその謝罪が引き金になったのだろうか、それとも単に時間とともに言葉の意味が浸透したのだろうか。

空木《うつぎ》は藤袴《ふじばかま》に向けて、ちいさく笑った。だがその笑いの力のなさが、逆に空木《うつぎ》のまだ癒えていない傷をえぐったことを明確に表している。今度こそ、耐えがたかった。藤袴《ふじばかま》は鞄《かばん》を引《ひ》っ摑《つか》み、もう一度告げて駆け出した。

「ごめんっ！」

「――藤袴《ふじばかま》！」

部室を出たところで背中に聞こえたのは鵯華《ひよどりばな》の声だ。

藤袴《ふじばかま》は自己嫌悪《けんお》のあまり、足を止めることも振り返ることもできなかった。

＊

梅雨入りして、雨が続く放課後だ。

空木《うつぎ》がＡＩＡ学園中庭の隅っこで、傘を差してしゃがみ込んでいると、後ろから声をかけられた。雨音のせいで、人の接近に気づいていなかった。

「なにしてるの？」

空木《うつぎ》は振り向かなかった。

声を聞けば、相手を確認する必要もなかった。ややグラデーション調の紫色をした紫陽花《あじさい》を眺めたまま、鵯華《ひよどりばな》に答える。

「雨で葉っぱがたまにぴょんって揺れるだろ？　その揺れる葉っぱの上にいるかたつむりを観察したらどうかなと思ったんだ。でも、そんなに面白くなかった」

鵯華《ひよどりばな》が、くす、と笑う気配があった。

「いくら傘があっても、延々とそんな観察してたらびしょ濡《ぬ》れになるでしょ。相変わらず意味不明。部室にも教室にもいないし、綾目《あやめ》に訊《き》いても知らないって言ってたから、今日はもう帰ったのかと思ったよ。……よっと」

鵯華《ひよどりばな》も、制服のスカートが地面につかないよう気をつけながら、空木《うつぎ》の隣にしゃがんだ。

傘と傘が軽く触れ、ふたりだけのこぢんまりとした空間ができる。まるで、空木《うつぎ》と鵯華《ひよどりばな》だけが雨音で世界から隔絶されたかのようだった。

鵯華《ひよどりばな》が紫陽花《あじさい》とかたつむりを見つめる。

「ほんとだ……。面白そうかもと思ったけど、そうでもない……」

「……小学生のころ、かたつむりが虫じゃなくて貝なんだと知って、貝なら美味《おい》しいかも、食べてみようと思ったことがあったんだ」

「え。冗談でしょ？」

「マジの話。でも、大丈夫なのか？　と本能が警鐘を鳴らしたんだろうな。いまだったら自分で調べてただろうけど、当時の俺にとっての百科事典はお祖母《ばあ》ちゃんだったから。何匹か捕まえて家に帰って、お祖母《ばあ》ちゃんに相談した。そして、かたつむりやなめくじには広東《かんとん》住血線虫って寄生虫がいるかもと諭されて、俺は珍しくびびって、かたつむりを即逃がして、即手を洗いに行った。だから俺は結局、かたつむりを食べたことがない」

「わたしはある。かたつむり」

空木《うつぎ》は鵯華《ひよどりばな》を横目で、ちら、と見た。

「冗談でしょ、なんて言っておいて？」

「そのへんの拾い食いじゃないから。当たり前でしょ。エスカルゴのことだよ。フランス料理の。ほとんどは衛生管理されてるでしょ。まあ、寄生虫いても完全に加熱したら問題ないだろうけどね」

空木《うつぎ》たちの目の前のかたつむりが、ゆっくり移動しはじめる。もちろんただの偶然だ。が、タイミング的にばっちりで、空木《うつぎ》にはすこしおかしかった。

「わたしの母親はクソみたいな偏食家で、高いお寿司《すし》屋さんに行っても〝おまかせ〟はせず、わたし大作家なんですけど？って面して大トロと赤貝だけ延々と頼み続ける恥ずかしい人だったよ。でもお父さんはグルメだったから」

「ほら鵯華《ひよどりばな》。かたつむりが、かたつむりイーターにおそれをなして逃げはじめてるよ」

「うっさいな。お父さんがまだあの人——わたしの母親といっしょに住んでいたときは、月に一、二回かな、わたしとお姉ちゃんをおしゃれな居酒屋やビストロに連れて行ってくれることがあったの。エスカルゴ美味《おい》しかったよ。……ね、空木《うつぎ》、お祖母《ばあ》ちゃんのために書いた小説とは、どういう意味？」

藤袴《ふじばかま》が言ったこと——。

空木《うつぎ》は首を振った。

「深い意味はないよ。藤袴《ふじばかま》もあんなに動揺しなくて大丈夫なのに。次に部活にきたときに、気にすんなって言ってやろう。俺はお祖母《ばあ》ちゃんっ子で、お祖母《ばあ》ちゃんは小説を読むのが好きだったから。俺が楽しかったことを小説にして、お祖母《ばあ》ちゃんに読ませてあげると約束した。それが小説を書きはじめたきっかけ……三幕構成のを英語だとなんて言うんだったか、……そうだ、インサイティング・インシデントだったたってだけの話だよ」

「……お祖母様は、いまは？」

「亡《な》くなった。去年の夏。世間一般的には、ごくごくありふれた話だろうな。転んで骨を折って入院してて、リハビリのために移った介護施設で、だれも見てないときに脳卒中を起こしたらしくて」

「ごめん」

「なんで謝るんだよ」

「わたし、空木《うつぎ》の家に行ったのに、ご仏前に手を合わせなかった」

空木《うつぎ》は顔を傾け、鵯華《ひよどりばな》に笑みを向けた。

「そりゃそうだよ。鵯華《ひよどりばな》は知らなかったんだから。それに、あの立派なマダイ持ってきた鵯《ひよどり》華《ばな》が、いきなり引き戸開けて和室に入り込んで、仏前に直行してマダイをお供えしはじめたら、おめでたすぎるだろ。幕内最高優勝がすぎる」

「昨日、綾目《あやめ》がちらりと去年の空木《うつぎ》はって言ってたのとか、最初の部室でこのごろスランプぎみと言ってたのとか、つまりそういうこと？　お祖母様が亡《な》くなったから……」

「まあ、そうだよ」

やりたいことをやって、感じた〝楽しさ〟を小説にするという行為は、空木《うつぎ》にとってはもはや日常生活の一部になっている。

書くときに必ず祖母を想《おも》っていたわけではなかった。

現に、祖母が亡《な》くなったあとも、あのラーメン地獄めぐりのようなものだけではなく、小説だって何本か書けている。

それでも、祖母との死別とともに頭をよぎった疑念が、小骨のように刺さって抜けなくなっていた。

――お祖母《ばあ》ちゃんはもういないのに、これをいったいだれに読ませるのだろう？

「けどさ、それだけと言やそれだけのことだよ。前ほど楽しくなかった、ってのはただの相対であって絶対の話じゃない。鵯華《ひよどりばな》がうちの部に入る前ですら、綾目《あやめ》と藤袴《ふじばかま》といっしょに死ぬほどラーメン食べたのも、校庭中から集めてきた雪を校舎二階の窓から触れそうなほど高く積んでみたのも」

空木《うつぎ》は傘の外まで手を伸ばした。

「野球部から借りたバットでそれをへし折ったのも、綾目《あやめ》の頭に糞《ふん》を落としたハクセキレイを追跡して巣を発見したのも、ぜんぶそれなりに楽しかったから。うちの部誌の内容を何冊分かまとめて同人誌の即売会に出してみて、たぶん同情票の三冊しか売れなかったのも笑えた。……鵯華《ひよどりばな》がきてからは言わずもがなだ」

かたつむりのいる紫陽花《あじさい》の葉を、軽く指で弾いた。かたつむりを乗せた葉がびよよんと揺れる。かたつむりは落ちないが、世界すべてが揺さぶられたようには感じたのではないか。

「むしろ、鵯華《ひよどりばな》と付き合って……鵯華《ひよどりばな》を書こうと決めてからは、下手すると去年の夏までよりも楽しいかもしれないくらいだ。だから鵯華《ひよどりばな》はそんなこと気にする必要なんかないし、藤袴《ふじばかま》もおんなじ。なんの問題もなしだ」

鶫 華《ひよどりばな》が立ちあがって、スカートについた雨粒を軽く払う。

「……ねえ空木《うつぎ》、今日は雨が強いでしょ」

「うん。しばらくはこんな感じって言ってたな。天気予報」

「わたしバス登校だけど、今日はお姉ちゃんの手が空いたらしくて、濡《ぬ》れないように近くまで迎えに行ってあげようか？　と連絡がきてたの。わたしの使ってるバス停、幹線道路沿いでさ、これだけ降ってると車に水引っかけられそうで嫌なんだよね。それで、お願いします、と返信した。いま、お迎え待ち」

「へえ。良かったじゃん。なら鶫華《ひよどりばな》はこのまま帰るんだな。また明日——」

「——空木《うつぎ》は自分のことを話してくれた」

空木《うつぎ》は、うん？　と鶫華《ひよどりばな》を見あげる。

鶫 華《ひよどりばな》は赤い傘の下で、覚悟と羞恥心の入り交じった顔をしていた。

「心の、大切な部分の話を。……一応、約束は約束だったし、お姉ちゃんの車なら楽だからちょうど良《い》いかなと考えて、もともとそのつもりで空木《うつぎ》を探してたの。けど、いまの話で余計に気持ちが固まった。これから、いっしょにわたしの家にくる？　今度はわたしが、自分の心のことを話す。わたしの秘密を教えてあげる。ただし約束して」

鶫 華《ひよどりばな》は本気の目だった。

「引かないで」

空木《うつぎ》はその迫力にいくらか怯《ひる》んだ。

「……え、実はなんか広東住血線虫《かんとんじゅうけつせんちゅう》よりもやっばい異常性愛持ってて、そのコレクションを部屋に並べてるとか……？」

「ちがいます」

「眼球性愛とか……」

「わたしをなんだと思ってんだ」

鵯　華《ひよどりばな》の住まいはＡＩＡ学園から車で、雨でも二十分程度だった。

繁華街からぎりぎり徒歩圏内で、しかし比較的閑静な地域。この地方都市としては良《い》い立地だ。高級と表現するほどではないが、それなりには余裕がなければ住みづらい土地のマンションである。

到着する直前、鵯華菜花《ひよどりばななばな》――鵯　華《ひよどりばな》のお姉さんが説明してくれた。

「母方のお祖父《じい》ちゃんお祖母《ばあ》ちゃんがもともとこっちに住んでてね、……ってことはお母さんの出身地でもあるんだけど。お母さんは大学進学以来東京にいるから、そのときからはお祖父《じい》ちゃんお祖母《ばあ》ちゃんはふたりで暮らしてて、でも、五年？　六年？　前にお祖父《じい》ちゃんが亡《な》くなったのね」

片手でハンドルを握って、軽ワゴン車を操りながら。

「あたしいま大学四年なんだけどさ。実家に嫌気が差してたのもあって、お祖母《ばあ》ちゃんのお世話役も兼ねて、こっちの国立大学受けたわけ。いまとなっては、その選択をしてたのは千夏《ちなつ》にとっても良かったね。あたし、このまま就職もこっちでするつもりだし。千夏《ちなつ》にはたまに言うんだ」

鵯《ひよどり》華《ばな》姉の印象は、妹にあまり似ていないな、というものだった。

「めぐり合わせ、偶然はすごいねって」

顔も、声も、雰囲気も、鵯《ひよどり》華《ばな》とはちがっている。なのに姉妹であることにはすんなりと納得できる——根底には共通したものがあるのだろう。

そのせいだろうか？　はじめて会ったと思えない。

なんとなく、どこかで見かけたような気がして仕方なかった。

「空木《うつぎ》くんがこの街に住んでいた、というのは、千夏《ちなつ》にとっちゃたったひとつの奇跡みたいなもん。あたし一昨年の夏、ひとりで、この車で北海道ぐるぐる回ってたんだけど、二日目の宿で同室だった人と二週間後に山奥の秘湯でばったり再会して、せっかくだからといっしょに女湯入ったのが、あたしの人生でいちばん低確率の出来事だな。でもそれより千夏《ちなつ》のほうがもっと奇跡」

「奇跡って、どういう意味ですか？」

空木《うつぎ》の問いかけに、鴨華《ひよどりばな》姉はけたけたと笑った。

「本人から聞きなよ。それも話すつもりで、我が妹は君を家に誘ったんだろうし」

車内で喋《しゃべ》っていたのはほとんどが鴨華《ひよどりばな》姉で、当の本人はやや緊張した面持ちで、後部座席から窓の外を眺めていた。

一度、いつかとおなじく、ヴゥウゥ、ヴゥウゥ、とスマートフォンが振動していたが、鴨《ひよどり》華《ばな》はやはり確認しようともしなかった。

そして運転席にも響いていただろうに、鴨華《ひよどりばな》姉もなにも触れなかった。

11.

引かないで、と鴨華《ひよどりばな》が念押しした理由。

わたしの秘密、の正体――。

鴨華《ひよどりばな》姉が持ってきてくれたタオルで濡《ぬ》れた制服を軽く拭いて、リビングのソファに座ってTVを観《み》ていた鴨華《ひよどりばな》祖母に挨拶したあと、すぐに向かった鴨華《ひよどりばな》の部屋。

「――空木《うつぎ》。はい、これ」

想像よりも女の子らしさの少ない、壁の大半が本棚で埋め尽くされた七畳ほどの洋室にて、鵯華《ひよどりばな》が渡してきたのはファイルだった。

といっても、綴《と》じ込み表紙のわりと手間のかかったものだ。

「なんだこれ、……こっちは裏か」

「待って！」

表向きにしようとしたのを、鵯華《ひよどりばな》に制止された。空木《うつぎ》が、ん？ と視線をやっても、鵯華《ひよどりばな》となぜか目が合わない。鵯華《ひよどりばな》はうつむいたまま、ノートPCの置かれたデスクを指し示した。

……ノートPCの横に、写真立てがある。

「そのファイルを表にしたり開いたりする前に、まずあれを見て！」

そこに収められた写真には、見覚えがありすぎる顔が写っている。

「俺の写真……。……鵯華《ひよどりばな》もさ、俺のこと大好きすぎじゃねぇ？」

「ちがう！ ……いやちがわないけど！ わたしが言いたいのはそういうことじゃない。その写真。よく見て。空木《うつぎ》の格好だよ」

言われてから、あれ？ と違和感に気づいた。

いつの写真だ？

空木《うつぎ》が海賊をイメージしたコスプレっぽい格好をしている。空木《うつぎ》があんな格好をしたのは一度しかないはずだ。

去年の秋の、ＡＩＡ学園の文化祭だ。

超・文芸部の文化祭用の部誌を配布する際、だらだらと立っているより面白いかと思い、コスプレをしてみたのだ。祖母のことがあったあとで、ふさぎ込んでいるよりふざけたほうがマシだと考えたためでもある。

写真には写っていないが、綾目《あやめ》はクソ真顔のままど派手なピエロの格好をして、藤袴《ふじばかま》は空木《うつぎ》がレンタルしたカワウソの着ぐるみを着た。

……言うまでもなく、鵯華《ひよどりばな》がAIA学園に入学する前だ。

「鵯華《ひよどりばな》、学園祭の写真をどうやって」

「……はい理解したなら、ファイル確認していいよ！　しょうがないから、表にすることもなかを見ることも許す！」

反対向きに持っていたそのまま、まずはファイルを開いてみた。丁寧に紐《ひも》でくくられてまとめられているのは、横書きに印刷された小説だ。

空木《うつぎ》にはぱっと見で、それがなんなのか理解できた。後ろから前にぱらぱらめくっていく。あるページに、おおきくタイトルが印刷されている。

『海はあふれない』

「俺が中二、……中一だっけか、どっちかに書いたやつじゃん」

コミュニケーションが苦手でクラスのみんなと打ち解けられず、心が疲弊してしまった少年を主人公にした短編小説だ。彼が夏休み、とある街の河口のそばに住む親戚のおばあさんの家で暮らし、さまざまなことを教わり、その新鮮な楽しさと驚きによって生きる力を取り戻していく物語だ。

実は空木《うつぎ》自身気に入っている話だ。

後ろからめくりきってファイルを閉じると、当然、目の前に現れるのはファイルの表紙側である。黒い表紙に白いマーカーペンで〝空木《うつぎ》樹《いつき》①〟と記されている。ファイルの分厚さからも自明だが、なにも『海はあふれない』一作ではなく、数作分の小説が収められているようだった。

さらには、こちらはあとから貼られたものに思えたが、空木《うつぎ》の写真が三枚ほど貼りつけられている。これは、鵯華《ひよどりばな》が超・文芸部に入部したあとで撮ったものだろう。それぞれいつの写真かだいたいわかる。

やっぱり撮っていたらしい、デート中のものもあった。

「……………ファンだ、って言ってるでしょ」

消え入りそうな声をこぼした鵯華《ひよどりばな》は、もう、うつむいていてもはっかりわかるほど真っ赤になっていた。もじもじ、もじもじ、している。空木《うつぎ》は視線を動かし、鵯華《ひよどりばな》が先ほどファイルを取った本棚を見やった。

その本棚でいちばん上と二番目の棚だ。書店で言う〝面陳列〟のように、似たファイルが並べられている。おなじようにマーカーペンで空木《うつぎ》の名前と番号が書かれ、おなじように空木《うつぎ》の写真が貼られている。

空木《うつぎ》は本棚に歩み寄った。

一冊だけ、綴《と》じ込み表紙のファイルではなく赤いリングファイルがあったので、手に取ってみた。表紙には黒いマーカーペンで〝最新〟とある。

なかに挟まれているのは、現在ほぼ半分の改稿が終わった『龍のカゴ釣り』を印刷したものだった。ついでに気づいた。その本棚のそこここに空木《うつぎ》の写真や、空木《うつぎ》の小説のフレーズを抜き出したメモが、貼りつけられている。同人誌の即売会に出してみて三冊しか売れなかったうちの一冊や、そのほか季刊部誌も集められていた。

………………鵯華《ひよどりばな》は空木《うつぎ》の小説のファンと言っていたし、鵯華《ひよどりばな》の挙動からその真否を疑ったことはなかったが、これは予想よりも数段――。

「う、……空木《うつぎ》、ひ、引いてない……？　あの、あのね、だからね、わたしはむかしから……何年も前から、超、超超……空木《うつぎ》の大ファン……なん、だってば」

鵯華《ひよどりばな》が、ごにょごにょと続けた。

「心から。えっと、……い、いやこれはちょっとストーカーっぽくてきしょいってちゃんと自覚があるからね？　猛烈に。だから家に呼ぶのは勇気が必要で、…………あれ？　空木《うつぎ》、どうして笑ってるの？」

「笑いが出るだろそりゃ、これはさ。あはは、眼球性愛よりひどいかも」

「なんでよ⁉　そこまでじゃ、……ない、よね？　あれ？　そ、そんなに⁉　そこまではいくらなんでも、……そこまでひどい？　え、あの、……ごめんなさい……！」

半泣きになった鵯華《ひよどりばな》の姿に、ますます笑いが込みあげた。

「そこまでじゃないよ。どん引きして、うっわきっしょ、と思う奴《やつ》もいるかもしれないけど、こんなにも自作を好いてくれてることを喜ぶ奴《やつ》もいるんじゃない？　俺は鵯華《ひよどりばな》の反応もふくめて、笑える。なんでここまで？　って疑問が強くなる。だれに訊《き》いてもそうだろう、俺の小説より鵯華《ひよどりばな》の小説のほうが圧倒的に上なのに」

空木《うつぎ》は首を傾《かし》げる。

以前聞いたときにはなんの引っかかりもなかったが、こうなるとわずかだけ気になることもあった。

「そもそも、俺の小説を見つけたのはどういう経緯だったんだ？　ネットで偶然見つけたと言ってたのはほんと？」

「それは、ほんとう……。わたし、中一から小説を書こうとしはじめてた。でも最初はなかなか思い通りにいかなくて、むしゃくしゃしてて、ネット上で適当に探して、ほとんど評価されてないどマイナーなアマチュア小説のなかから、見込みなさそうなのを選んで読みあさって、わたし以下だなと実感することで心の安定を図ろうとしたの」

「モンスターじゃねぇか」

ぷる
ぷる

「そうしてるうちに、空木《うつぎ》が公開してた『海はあふれない』を見つけた。タイトルのセンスは悪くないと感じたけど、それでももちろん、いったいどれだけひっどい出来映えかしらぁとわくわくして開いた」

「鵯華《ひよどりばな》先生怖すぎる……」

「でもそれが、わたしにとっては特別なものになったんだ」

鵯華《ひよどりばな》はそのときの記憶を思い返したのか、口許《くちもと》にちいさな笑みを浮かべた。人生において滅多に出会えない、愛《いと》しい、かけがえのない、それを手に入れる前後では世界そのものが別物に感じられてしまうほどの宝物を抱きしめる口調で、語る。

「読みはじめたら夢中になった。ずっと言ってるけど、あきらかに娯楽性に振ってる物語なのにもかかわらず、エンタメとしての造りはてんで駄目だった。改善すべき点だらけなのは客観的事実だったし、これを面白いと感じる人はかぎられるなとは確信できた。ただ、わたしには……わたしの心には、空木《うつぎ》が書いてる感情、書こうとしてることがぴったりはまったの。欠けてたピースみたいに」

空木《うつぎ》はファイルを棚に戻し、鵯華《ひよどりばな》の話を聞く。

笑みを引っ込め、空木《うつぎ》にしてはやや珍しく真剣に。

「空木《うつぎ》がその時点で公開してた小説は一気にぜんぶ読んで、まだまだ読みたいと思った。その日はそれ以上なにもなかったけど、それから、空木《うつぎ》の小説が頭の片隅に棲《す》み着いちゃった。日常生活には関係ないけど、ふとした拍子に思い出して気になる、わたしはしばらくそんな状態だったよ」

「どうしてそれだけで終わらなかったんだ？」

「空木《うつぎ》は本名を平気で使って小説公開してるでしょ？　ある日、空木《うつぎ》の名前を検索にかけてみたんだ。関係ないものばっかだったけど、ひとつそれっぽいのを見つけた。学校の公式サイトの、学校生活紹介のコラム」

空木《うつぎ》は、あぁ、と合点《がてん》がいった。

「このあいだ鵯華《ひよどりばな》も頼まれて書いてたやつ」

「うん。あれ、まあふつうは書いた生徒の実名出さないじゃない？　でも空木《うつぎ》はそこでもわざわざ署名してたから。かなり気になった。空木《うつぎ》の小説を読んで、作者はたぶんわたしとそう変わらない年齢なんじゃないかなとは感じてたから、もしかして、と考えて、そうしたらピンとくるものがあった。あの『海はあふれない』の描写だよ」

「描写って？」

鵯華《ひよどりばな》は、ふふ、と笑みをこぼした。

「この街だ——と気づいたの。あれは、現実の風景をそのまま小説にしてるでしょ？　空木《うつぎ》が舞台にしたあたりにお祖父《じい》ちゃんの友達が住んでて、わたしこっちに遊びにきたとき、お祖父《じい》ちゃんにあのへんの公園に連れてってもらったことが何度かあるの」

「それは、……よくわかったな」

「空木《うつぎ》はイメージ捉えた描写は上手《うま》いし、わたしがそれを好きってのは、わたしと空木《うつぎ》の感性が似てるということだからね。川越しの風景と、小学校帰りの子供たちが公園のジャングルジムから水面に石投げして届かずに捨て石に当たる音が響く描写が、わたしの記憶の印象とぴったり重なった。……それで確信が持てたから――」

鵯《ひよどり》華《ばな》姉が、奇跡、とまで言った理由がなんとなく理解できた。

空木《うつぎ》は口を挟む。

「鵯《ひよどり》華《ばな》の姉ちゃん、いま大学四年……なら、三年ちょっと前からはこっちに住んでたわけだ。去年の文化祭は、一般公開日に、姉ちゃんに偵察してもらったのか。部誌の短編も、入学してからじゃなくて姉ちゃんにお願いして集めてもらったんだ？　文化祭のとき、バックナンバーも配布したから」

「……そう、です。わたし、早く家を出たかったし、去年の途中からはこっちにくることに気持ちがかなり傾いてたから。もちろんあっちに友達はいたし、逃げるのかって怒ってくる自称ライバルの同業者もいたんだけどね。例の同時受賞者。ともあれ、写真に関しては、文化祭はプロカメラマン以外の撮影禁止だったそうだから、盗撮。ごめん。……それでさ」

鵯《ひよどり》華《ばな》は縮こまって、また小声になった。

「ここからもまた……お恥ずかしい話です。お姉ちゃんは、撮った写真をハートマークつきで送りつけてきた。お姉ちゃんはよくわかってたんだよ。わたし、スマホ越しの空木《うつぎ》を、いまはその写真立てに入ってる写真を見て………」

数秒の間があったのは、勇気が必要だったからだろう。

「…………めちゃ格好いいと思った……、も、もちろんね、見た目どうこうなんて馬鹿みたいで、そんなのいちばん大事なことなんかじゃぜんぜんない、……けど、正直、いかにもあの小説を書きそうだなと感じて、余計に空木《うつぎ》のことを知りたくなっ……た、ん、です……。もう、空木《うつぎ》と直接話さずには、いられなくなった。……わたしの引っ越しは、半分は……う、空木《うつぎ》目当て……でした。……引かないで。……約束したんだから引くのは禁止！」

「いや、ぜんぜん引かないけど、もう半分は？」

「……あの人」

短く、ひと言だけ答えた鴨華《ひよどりばな》の瞳に浮かぶ嫌悪《けんお》感で、確信が持てた。

そうなんだろうな、とは感じていた。

「鴨華《ひよどりばな》は、母親のことが嫌いなんだな」

鴨華《ひよどりばな》の会話の端々ににじむ苛立《いらだ》ち。

着信拒否。

なにより『ザ・フューネラル・ストーリー』を読んだときに覚えた違和感だ。

あの物語の最後で、真犯人だった父親は、生前の母親が行った非道を主人公に語る。愛する妻を殺害するに至った動機を語り、また、その真実性を証明するのだ。

主人公は悩んだ末に父親を許し、告発しないことを選ぶ。

空木《うつぎ》はなにも、そんな展開を用意したことに引っかかったわけではない。小説の展開と作者の価値観は当然イコールではない。空木《うつぎ》が読み取ったのは、その展開を描く筆致からこぼれ落ちる嫌悪《けんお》感だった。

たったいま、あの人、と口にした鵯華《ひよどりばな》の瞳に見えたのとおなじもの。

そこまでのどちらかと言えば淡泊で読みやすい文体とちがって、そのシークエンスのみ、妙に重たい感情がにじんでいた。むろん気のせいかもしれない。

しかし空木《うつぎ》は事実として気になったし、鵯華《ひよどりばな》は空木《うつぎ》を感性が似ていると表現したのだ。

「そうだね。嫌い。大嫌いよ。反吐《へど》が出そうになる」

鵯華《ひよどりばな》の肯定の声は、爽やかでさえあった。

「だいだいだぁーっい嫌い。あはは、わたしお父さんはけっこう好きで、お父さんが家を出て行ったときは悲しくもあったけど、同時に、あの人が荒れているのを見てざまあと思った。……ね、空木《うつぎ》、わたしが話すと言ったのはそっちの空木《うつぎ》コレクションのことと、あの人のこと。でも勘ちがいしないで？」

空木《うつぎ》を撃つように指差してきた。

「愚痴ですらない。わたしにとって悲しき過去の話なんかじゃない。これはね、いちばんほしいものを持たずに生まれちゃった鴨　華千夏《ひよどりばなちなつ》という凡人が、空木《うつぎ》の小説に出会ってどれだけ救われたのかというおとぎ話なんだよ」

鴨　華《ひよどりばな》が、語り出す――――。

――――むかしむかし、あるところに、素敵な物語が大好きなお姫様がいました。……ん？　空木《うつぎ》、えー……って顔しないでよ。自分の話は照れくさいところがあるし、おとぎ話って表現しちゃったからこういうのも良《い》いかと思ったの。

もう一度ね。

あるところに、お姫様がいました。お姫様は二番目の子供で、物語が大好きで、だから、その国の女王である自分の母がすごい人なんだというのは自慢でした。女王には、物語を創る、という点で破格の才能があったのです。

ある種の天才です。

多くの人が女王の創る物語を褒《ほ》め称《たた》えました。

女王自身、自分が創る物語は特別だと自負していました。対外的には謙虚に話していましたが、内心では自分よりすごい人はいないと考えていました。家族にはそれを公言してはばかりませんでした。

そして実際にすごいということを、お姫様は五歳のときに実感しました。

女王は普段、気が散るからという理由から、自分の寝室に娘たちが入ることをよしとしていません。ですがその夜は珍しく、お姫様を自分の寝室に連れてきて、いっしょに寝ようと言ったのです。

はじめてのことに興奮するお姫様に、女王は即興で創ったお話を披露しました。

霧の街の真っ白いオバケ、というお話でした。

それは、こんなお話です。

年間を通して霧に覆われた街があり、そこには一匹のオバケが住んでいました。

オバケは真新しいシーツをかぶったように真っ白で、鼻も口もなくて目だけの顔を持ち、五歳の子供くらいのおおきさで、自由に宙を飛んで暮らしていました。

オバケには生まれたときからずっと、家族も友達もいませんでした。でも寂しいと感じたことなどありませんでした。

オバケにはなによりの楽しみがあったからです。オバケは霧にまぎれて街の人を驚かせ、怖がらせるといういたずらが生きがいでした。街の人が驚き、動揺し、涙を流し、逃げ惑うのが面白くて仕方ありませんでした。

しかしオバケのその幸せはずっとは続きませんでした。オバケはおおきな失敗をしてしまいました。

街にやってきた赤い髪の女の子を、驚かせたのです。

女の子は霧の街にたまたま立ち寄った、旅の魔女でした。しかも十八番《おはこ》は霧の魔法です。びっくりして、ついついその魔法を使ってしまいました。霧の街に霧の魔法がかかって、霧はますます真っ白になりました。

霧の街の人は、霧にはすっかり慣れていたので、べつだん困りませんでした。困ったのはオバケです。霧が深すぎて、街の人を驚かせようとしても、だれひとりとしてオバケに気づかなくなってしまったのです。

オバケはもう、パン屋のアシュリーが叫び声をあげるところを見られません。煙突掃除人のティムが怒ってブラシを振り回す顔も、シャーロット嬢の可憐《かれん》な涙も、なにもかも見られなくなりました。それから、長い年月が流れました。

……お姫様は女王のそのお話を、これまでのどの絵本より面白く感じたのです。たったいま、考えながら喋《しゃべ》ってそんな素敵なお話を語るなんて信じられませんでした。お姫様はそれこそ魔法かと思いました。

お姫様はオバケが可哀想《かわいそう》になり、心配にもなり、オバケはどうなるの？　と訊《き》きました。

女王は、そうだねえ、赤い髪の女の子が再び霧の街にやってくることにしようか、と言いました。

でも、そっくりだけど前にきたのとはべつの子だよ。女の子は霧の魔女の孫で、祖母がかけた霧の魔法を解くことができる。孫の魔女は霧の街でステッキを振り回して叫ぶの。真っ白いオバケ、いるんだろ、出てこーい！

ねえ、あなたはこのお話の続きを考えられる？　と女王はお姫様に訊《き》きました。

お姫様は戸惑いました。が、お姫様も姉姫から、あなたはお話を考えるのが上手《うま》いねえ、とよく褒められていましたから、女王を喜ばせようと一所懸命考えることにしました。

その夜は女王にくっついて寝て、丸一日考えて、翌日、女王の寝室に行ってお話を披露しました。

それはだいたい、孫の魔女がオバケの友達になってあげるといった内容でした。孫の魔女は祖母から話を聞いて、オバケを可哀想《かわいそう》に思って、霧の街にやってきたのでした。孫の魔女は霧の魔法を解いて、オバケと街で遊ぶ。

そうしたらそれを見た街の人たちも遊びに混ざって、オバケはたくさんの友達ができて、いたずらもしなくなって、めでたしめでたし。

……あのさ、空木《うつぎ》はどう思う？

…………でしょ？　だよね？　わたしもそう思う。当時五歳のわりにはがんばって、悪くない展開を考えてる。

現にそのときのわたしも会心の自信作だと思ってた。

でもあの人、……女王はわたしの、……お姫様の顔をまっすぐに見て、心底げんなりした様子で、嫌悪感《けんお》をにじませて言ったの。

つまんねぇなぁ！


「は？」

空木《うつぎ》は一瞬理解できずに固まった。

……母親が、お話を懸命に考えてきた幼児の娘に？

ベッドに腰かけた鴨華《ひよどりばな》が、空木《うつぎ》の反応にくすりとする。その手にあるのは、鴨華《ひよどりばな》姉がつい先ほど持ってきてくれたカモミールティーのカップだ。空木《うつぎ》にもローズヒップティーを淹《い》れてくれた。

再びふたりきりになった部屋で、鴨華《ひよどりばな》はカップに口をつけて、軽やかに言った。

「ひっどいよね。細部はちがうかもだけど、お姉ちゃんよりはマシだけど期待して損した、あんなに前振りしてあげたのにそれだけ？　と不機嫌に言われた。マジで才能ないなぁほんとにわたしの子かなぁ？　と。……ね、これに比べたら、このあいだのデートでのわたしはずいぶん優しくない？」

空木《うつぎ》は苦笑せざるを得なかった。

「比べたら、女神だな」

「でしょー？　あはは。あの人は、孫の魔女も友達いなくて友達ほしくて、あたしをびっくりさせられたら霧の魔法を解いてあげようとオバケに挑戦するとか、街の人たちの時間経過について掘りさげるとか、いろいろあるでしょと言ってた。まあいいや、よくわかった、才能は生まれ持ったものだから仕方ない、わたしの才能に余計な遺伝子が混ざれば劣化するよね当然、みたいなことも」

「なんつーか、そこそこ強烈な人だ」

「うん。まあプロ作家なんて自己顕示欲のかたまりでまともなコミュ力持ってない勘ちがいしたナルシシズム異常者の集まりだと証明してるよね」

「怒られんぞ」

「なんにしても、幼いわたしはショックだったし、悔しくていっぱい泣いた。……最初はね、わたしもお姉ちゃんも、あの人から逃げようと試みたんだと思う。あの人の存在は結局、わたしたちの世界を押しつぶしちゃいそうにおおきかったから」

空木《うつぎ》も、ローズヒップティーを飲んでみた。

ふしぎな味だが、嫌いではなかった。

「お姉さんは、そのへん鵯華《ひよどりばな》よりはからっとしてそうだったよな。実家に嫌気と言ってたし、好きじゃないっちゃ好きじゃないんだろうけどさ」

「うん。わたしたち姉妹の会話でいちばん多かったのはあの人の悪口だろうけど、お姉ちゃんはわたしほど徹底的に嫌ってはない。あの人、わたしが連絡を無視してるとお姉ちゃんにメッセージ入れてくるし」

壁にかけられた黒猫シルエットの時計の、秒針の音が聞こえる。

「お姉ちゃんは、わたしよりは上手《うま》くできたんだよ。あの人の存在をなるべく深刻に捉えないコツを摑《つか》んだ。わたしは下手だった。子役に挑戦してみたのも、それがあの人じゃなくお父さんの世界だったからという理由がある」

鵯　華《ひよどりばな》は自身の頰を、とんとん、と指先で叩《たた》いた。

「自分で言うけどさ、可愛《かわい》いでしょ。わたし。顔が」

「それにはなんの異論もないよ」

「これはあの人にはない長所だからね。芸能活動は、あの人がやろうとしてもたぶんできなかったことなのが、良かった。……のっけからあの人原作の映画に出ることになっちゃったのもそうだけど、結局、あの人の存在からは逃れられなかったんだけどね。あの人は業界人ともつながりを持ってたし、抱き合わせでTV出演させられることもあった。でもそれ以上に大問題だったのはわたしの生まれ持った性質」

鵯　華《ひよどりばな》の性質。

空木《うつぎ》は口に出してみた。

「物語――本が好きということ？」

「正解。物語は、ほかのなにより私の心を摑《つか》んだ。本を読んで、あれこれ空想をめぐらせるのは楽しかった」

それはもちろん理解できる。祖母も似たことを言っていた。

「わたしそのころにあの人の担当編集者から、鵯華《ひよどりばな》先生、ってふざけて呼ばれてたの。出版社のそこそこ偉い人の前で、XXって本は宣伝さえすれば売れると思う、と真面目に語って笑われたこともある。子役活動は楽しいこともあったけど、だからこそ、いや物語はもっと楽しいんだ、というわたしにとっての真実を心に刻み込まれた」

鵯華《ひよどりばな》はティーカップを、ベッド脇のサイドテーブルにそっと置く。

「そして本を読めば読むほど、読書の力がつくほどに……あの人はすごいということが、余計にはっきりしちゃったんだ。鵯華《ひよどりばな》先生のセンスをもってして、思い知らされた。あの人にはやっぱり実力があって、トップランナーのひとりでい続けているのは尋常な才能ではなくて、数多くの人を楽しませ、泣かせ、その人生にほんのちょびっとであっても影響を与えるのは、偉大な行為だ。認めたくなくても、事実だからどうしようもない」

鵯華《ひよどりばな》はベッドに、ばふっ、と仰向けに倒れる。

「いつだったかな、出版社の人間があの人の前でわたしを神童だと持ちあげた。子供のうちからこれだけ本を読みこなせるんだ、将来は千夏《ちなつ》ちゃんも作家でしょうねえ、と」

たいていの親なら、うれしいにちがいない。

「あの人は、ええっ？　難しいんじゃないかなぁ？　と、顔をゆがめて答えた。わたしは思い知らせたくなったの。――たしかにあんたはすごい。でもエンタメ極振りのくせに、売上は漫画やネットから書籍化したヒット小説にはぼこぼこにされてんじゃないか。あんたのすごさはあんたが思ってるほどじゃねーよ、ってね」

12.

わたしは、自分でも小説を書こうと決めた。

年齢があがって子役としての仕事がなくなって、だからといって、その後も踏ん張ろうと覚悟を決められるくらいに芸能界がしっくりきてたわけじゃなかった。

あの人は、子役タレントの娘、という存在自体は気に入ってたみたいで、辞めると言ったらちょっと嫌味を返されたけど、それにむしろ後押しされた感じがある。

純文学はあんま畑じゃないけど、エンタメならジャンルはなんでも良かった。

どうでもいいということじゃないよ。わたし、豊潤な物語のある小説ならほとんどどういうジャンルでも好きだから。

ミステリの新人賞を狙おうと決めたのは、あの人はデビュー前にミステリの新人賞を獲《と》れなかったから。

あの人はミステリの新人賞にいくつか応募し、落ちて、結局は別口からデビューして、そのあとでミステリも書きはじめたんだよ。だから、わたしがミステリで新人賞を獲《と》ったら、あの人は悔しがるだろうなと思った。

……後ろ向きで、くっだんない動機なのは自覚があるよ。でもわたしがミステリ小説も好きなのは事実だから、かまわないでしょ。

小説を上手《うま》く書くのは難しかったけど、楽しさもあったな。プロでもアマチュアでも、最後までちゃんと形にしてるってすごいなぁと何度も思ったよ。

脚本術の本を何冊も何冊も参考にして、読んできたミステリ小説を分解して考えて、なんとか書き進めて、あるとき、中学校から帰るとあの人がわたしのノートPCを勝手につついて、書きかけの『ザ・フューネラル・ストーリー』を勝手に読んでたの。

わたしは怒ったけど、あの人は意に介さなかった。いっさい悪びれず言ってきた。そこそこの出来だ、と。

驚くわたしに、どこかの賞に応募するつもりで書いているのか、それとも趣味か、と訊《き》いてきた。

応募する、と答えると、すぐに続けてきた。

あなたの年齢ボーナスのおかげで、最終選考か、その手前くらいまでは残る可能性が高いけど、これじゃ新人賞は獲《と》れない。キャラクターもミステリ要素も凡庸だから。あまり破綻なくまとまってはいるけれど、それだけ。

審査員に、未熟さに目をつむってもらえるだけのインパクトが必要だ、と。

それから、勝手にアドバイスを並べ立ててきた。……ほんとうの意味で斬新なトリックなんてわたしにも書けないし、わたしがプロットに思いきり手を入れても良いならともかく、あなたには斬新ではないトリックを斬新に見せかける技術もない。だから、そこを売りにしようとしても無駄。

でもこのデスゾーンの遺体回収という題材は、良《い》い。

ミステリ要素ももうすこしはひねる必要があるけれど、注力すべきはとにかくこっちの遺体回収物語のほうよ。わたしが資料を揃《そろ》えてきてあげるから、しっかり読み込んで、調べて、こっちの良さを広げなさい。この題材には可能性を感じる。悩んだら、わたしに訊《き》きにくれば、文脈に沿った正解は提示してあげる。それをどう調理するかは自分で決めなさい――。

わたしは、あの人が真面目にアドバイスしてきたことにびっくりした。

癪《しゃく》な気持ちもあったけど、あの人の意見は、その最初のものを筆頭に、ほとんどすべて適切と感じられるものだったよ。

わたしの本が出たとき、あの人が手を加えてるんじゃないかとか実際に書いてるんじゃないかとかいろいろ言われたけど、そんなことはない。あれを考えたのも書いたのもわたし。それは自負してる。あの人が監修したとも思ってない。それでも、修正の方向性については意見を取り入れてるのは、その通り。

あの人の意見を聞いてなかったら、わたしは賞を獲《と》れてない。

これは絶対。

確信ともちがう。

単なる事実だよ。

だから受賞パーティがはじまる直前、あの人にお礼を言ったの。嫌だったけどね。……もしかすると、仲直りする最初で最後のチャンスだと思っちゃったのかも。あの人は笑って、こんなふうに答えたよ。

将来性を見込まれたのと、今年の選考委員がミスにやさしい人ばっかりだったおかげで、才能足りないのに賞もらえてラッキーだったねえ？　礼なんかいらない。あなたの本とセットでわたしの本もまた売れるだろうし、わたしたちの本を読み比べたら、わたしがいかにモノがちがうかわかるからね——。

……ね？　クソ女でしょ？

言われなくてもわかってたよ。結果的に賞はもらえて、それは幸運だったけど、もしもおなじ題材であの人が小説を書いていたら、わたしが書いたあの会心作の十倍はよく書けてたのは間違いない。

わたし自身がだれより理解できてた。これはいかにも鵯華雪子《ひよどりばなせつこ》が書きそうな描写で、書きそうなキャラクターで、書きそうな物語で、書きそうな文章で、書きそうな展開で、書きそうなconflictで、書きそうなどんでん返しで、……だけどぜんぶ、なにもかもが鴇華雪子《ひよどりばなせつこ》には及んでない、って。

『ザ・フューネラル・ストーリー』の物語の組み立て方は、鴇華雪子《ひよどりばなせつこ》という作家のそれとほとんどおんなじだった。

会場の女子トイレに駆け込んで、思いきり叫んじゃって、鏡に映った自分の泣き顔はみじめすぎて笑えたな。

空木《うつぎ》にも以前、高校の文芸部で時間使うのはリソースの無駄では、みたいなこと言われたけどさ、ちがうんだよ。

空木《うつぎ》のことがなくても、そもそもわたしには次回作が書けないの。期待してくれてる読者や編集部にはごめんと思うけど、書こうと思っても、なんのモチベーションも湧かない。だって、書いてもまたあの人の小説の劣化コピーになるってわかりきってるから。ううん、ちがう、あの人の意見なんて二度と聞く気がないから、あの人の劣化コピーだった『ザ・フューネラル・ストーリー』の、さらに劣化バージョンになるね。

わたしはあのときの、鏡に映った泣き顔で、はっきり気づいたんだ。

受賞前から、……あの人のアドバイスの前から、……もっと言うと『ザ・フューネラル・ストーリー』を書きはじめる前から、わたしの心は折れてた。

作家としてのわたしは、生まれる前から死んでたの。

才能が足りない。

手をかけたいところには生涯届かない。

あの『ザ・フューネラル・ストーリー』は、たまたま良《い》い題材を思いついたおかげで分不相応に書けたわたしなりの会心作で、それでもあの人のデビュー作にすら敗北してる、鵯華千《ひよどりばなち》夏《なつ》という作家に対する葬送そのものでもあったんだ。

つまんねぇなぁ、という言葉が頭から離れない。

五歳のときから。なにをしててもふいに脳裏によみがえることがあったし、小説を書いていたらなおさらだった。

あの人の才能、という海に溺れてるみたいな感覚で、小説を書きながら涙がこぼれることも一度や二度じゃなかった。……そんななかだったから、余計だったのかな?

……空木《うつぎ》の小説に出会ったときのこと。

空木《うつぎ》の文章が好きとか、キャラクターの描写の仕方が好きとか、物語のイメージそのものは良《い》いとか、感性が似てるとか、理由はいろいろ挙げられるけど、たぶんそうじゃない。それらの理由で、あんな駄目駄目な小説にここまではまらないもんね。

空木《うつぎ》の小説はね、信じられないくらいに……わたしが人生で読んだどのプロ作家の小説よりもあきらかに——。

楽しそうだったの。

わたしとはまるでちがった。

小説を書くこと自体もそう、小説内に描かれた主人公の言動もそう、文章からも、文章のない空白からも、作者がこの世界を楽しんでいることが伝わってきた。魂そのものみたいな感情の色が、自由にあふれ出してるみたいだった！

わたしはそんな気持ちに触れたことなんてなかった。そんなふうに強く、生きていることを楽しむだなんて想像すらしていなかった。

あのね、さっき言ったのはまだすこし恥ずかしさが残ってて、誤魔化した感じになってて、不十分だった。

わたしは空木《うつぎ》の『海はあふれない』を読んだとき、こんなにも物語を書くことも、生きてることも、全身全霊で楽しんでる人がいるんだと感じて、自分でもよくわからないうちに泣いてたの。

わたしは主人公といっしょに、あるいは作者といっしょに、いま生きてることを楽しんでる気分になったんだ。いっしょに経験して、いっしょに驚いて、いっしょに笑ったような錯覚があった。

わたしはね、空木《うつぎ》の小説に救われたんだよ。

わたしは五歳にして一回ぽっきり折れた人間だけど、空木《うつぎ》の小説がなければ、もう一回折れかねないポイントは何度もあった。どこかの時点で完膚なきまでに、根元から真っ二つになって、いまこんな気持ちではいられなかった。

それに、自分が泣いたことで、あの人にざまあみろとも思った。

だってわたしは、あの人の小説で泣いたことなんかないんだから。

あの人の小説のうち何冊かは泣けるって有名だけど、わたしはそれらを読んでいても、ここ読者が泣くように仕掛けてるなと感じるだけで、実際に泣いたことなんかない。

あの人は作家としてドライで、その客観的視点はおおきな長所でもあるけれど、一見情念がこもってるようなシーンでも、実際には計算で書いてるから。

技術が卓越してるからなんの問題もないんだけど、文章からあふれ出るような本物の感情はなくて、鵯華《ひよどりばな》先生の目にそれはパワー不足に映る部分がある。

あの人は自分の小説をとんでもなく優れたものだと考えてて、たしかにあの人の小説には傑作と言えるレベルのものもいくつかあるけど、わたしはあの人の書くものが究極だなんてこれっぽっちも思ってない。

わたしは、いつからか、そのことを夢想するようになった。

すっごく遠い道。簡単じゃない。どう考えても苦しみと挫折の連続。なぜって鵯華雪子《ひよどりばなせっこ》は創作の怪物で、最初からできあがっていた本物とそうではない人間のあいだには、並みの努力では埋まらない断絶があるから。

けど、わたしがちゃんとディレクションして、全力で手伝えば、この作者はもしかして――って。

実際に空木《うつぎ》と会って、話して、空木《うつぎ》のことをもっと知って、いまはより強く確信してる。空《うつ》木《ぎ》のきらめくような熱量は、あの人の小説には決してないもの。空木《うつぎ》となら、わたしだけじゃ届かない場所にも届く。

……わたしは。

わたしはね――。

あのクソ女よりも良《い》い小説を、空木《うつぎ》に書かせたいの。

空木《うつぎ》なら、そうできる。いまの『龍のカゴ釣り』もこのあとの『天才ひよどりばな先生の推しごと！』も、そのためのきざはし。

わたしたちなら、いずれきっと、あのクソ女の小説なんかよりもっともっと、この世界を揺らす物語を書くことができる――。

結局、夕食までご馳走《ちそう》になって、そのあとさらに鵯華《ひよどりばな》姉も交えてボードゲームに興じた。

鵯華《ひよどりばな》姉が家まで送ると言ってくれたが、辞退して、バスを利用して帰宅した。

家に入ると、すぐにリビングから母が声をかけてきた。遅くなることは連絡してあったので、気楽なものだ。

「おかえりー。鵯華《ひよどりばな》ちゃん家《ち》どうだったー？　……樹《いつき》？」

「ただいま。シャワー浴びてくるから」

空木《うつぎ》は熱い湯を浴びながら考えた。

………鵯華《ひよどりばな》の家は楽しかった。

上機嫌な鵯華《ひよどりばな》は、お姉ちゃんはわたしよりはずっと料理苦手だから、と笑ったが、鵯華《ひよどりばな》姉が作ってくれたクリームパスタは充分に美味《おい》しかった。

鵯華《ひよどりばな》の祖母と話せたのも良かったし、食後、ボードゲームの合間に鵯華《ひよどりばな》姉から、鵯華《ひよどりばな》の子役時代や中学時代のエピソードを聞けたのも興味深かった。子役時代よりさらに前、四歳の鵯華《ひよどりばな》がお風呂《ふろ》場で姉におしっこをかけて遊んでいた話は、ぎゃあああああー！　と叫んで真っ赤になった鵯華《ひよどりばな》の反応もふくめて最高だった。

鵯華《ひよどりばな》が動画撮影に使用している部屋を見せてもらったのも物珍しかったし、子役時代の、出演陣と撮影した写真も同様だった。

要するに、脳細胞がばちばちとするような時間だった。

それなのに、シャワーの水音のなかで、頭にこだまする言葉がある。

──空木《うつぎ》は、お祖母《ばあ》ちゃんのために書いた純粋な小説を、三幕構成やらなんやらの上辺の飾りで、ぐちゃぐちゃに改造して平気なわけ──。

──あのクソ女よりも良《い》い小説を、空木《うつぎ》に書かせたいの──。

シャワーを終え、和室の仏壇に手を合わせたあと、両親とすこしだけ会話を交わしてから二階の自室へ向かう。シャワー前に充電ケーブルを挿しておいたスマートフォンに、メッセージが届いていた。

鵯華《ひよどりばな》ではなく綾目《あやめ》からだった。空木《うつぎ》はバスタオルで髪を拭きながらメッセージ内容を確認して、綾目《あやめ》に電話をかけた。

『はい』

すぐに出た。

空木《うつぎ》は単刀直入に尋ねる。

「藤袴《ふじばかま》から連絡があったって、なんて？」

『……しばらく超・文芸部行けないかも、ってか、辞めるかも、だそうだ。……空木《うつぎ》、おまえが悪いわけでもないし、鵯華《ひよどりばな》が悪いわけでもない。ほんとうは藤袴《ふじばかま》もわかっているはずだ。これはそういうもので、どうしようもないめぐり合わせで、ただ、だれだって呑《の》み込むのに時間がかかるだけの話なんだ』

ヨハンは自分が何者なのか、どういう人間なのかを改めて理解した。

「そうだよ、ヨハン。それがあなたの本質でしょう。──史上最年少で五十メートル超の龍を獲《と》った天才、そうじゃない。──叔父の仇《かたき》を取りたい復讐《ふくしゅう》者、そうじゃない。──帝国最高の龍釣り師という名声と富を欲《ほっ》している、そうじゃない。──龍の毒を受けたわたしに寄り添う恋人、そうじゃない。あなたは──………」

ナギが言いながら差し出すのは、笑ってしまうくらいぼろぼろの遠投龍竿《りゅうざお》だ。ナギ自身が訓練で使用しているものだ。先日、ジャバウォック密林の死闘で、バットセクションからぶち折られた叔父の龍竿《りゅうざお》とは比べ物にもならない性能の型落ち品だ。

しかしヨハンを見るナギの目が語っていた。

関係ある？　と。

その通りだ。関係ない。

全身が痛む。受けた傷はほとんど癒えていない。だが笑みが込みあげてくるのをヨハンは我慢できない。わくわくしてたまらない。だって、ナギがいま新たな龍竿《りゅうざお》を手渡してくれた。背中を押してくれた。これがどういうことか？

つまり、これからまた龍釣りに向かえるのだ。

ヨハンが世界で最も楽しいと思える、遊びであり生きがいに。

「……俺が間違ってたよ。そうだ。つらくて苦しいから。ナギが心配だから。叔父さんとの約束に背いてしまうかもしれないから。アングラーズギルドから破門されかねないから。そんな理由で止まるんなら、俺はこんな危険きわまりない遊びに人生をかけてない。俺は楽しいから龍釣り師をやっているんだ。この胸のざわつきと、湧きあがるような熱が答えなんだ。……ナギ、ありがとう」

「うん」

ナギは微笑《ほほえ》んだ。

「行ってらっしゃい。要望通り、えっちな下着を着て待っててあげる」

――俺がそれを楽しいと感じたから。

ほかのだれでもない、俺自身がそう決めたから。

だれかの意見に流される必要はない。くだらない同調圧力など知ったことか。ヨハンにはたった一度しかない人生で、やり直すことのできない日々で、いつだって有限の命で、つまらないことに費やす時間はないのだ。

今度こそ、あの龍を獲《と》る。

なんて楽しいんだろう。

藤袴《ふじばかま》は自室で、布団《ふとん》にくるまって、ポテトチップスをばりばり食べながら、ついでに罪悪感と自己嫌悪《けんお》と現実も噛《か》み締《し》めていた。

＊

鵯華《ひよどりばな》の家に行ってから半月後。

空木《うつぎ》は『龍のカゴ釣り』の改稿を、書き下ろした部分もふくめて、すべて終わらせた。途中から加速したペースをまったく落とさずに最後の一字まで書けたのは、執筆自体が楽しかったからにほかならない。

ただ、本来ならもっとはしゃいでしかるべきなのに、そうならなかった理由があった。

ひとつは超・文芸部のことだ。

……藤袴《ふじばかま》は部室を飛び出したあの日以来、結局、一度も部活にきていない。

むろん学校にはきている。しかし空木《うつぎ》が会いに行くと逃げられる。最初のころは、そっとしておいたほうが良《い》いと綾目《あやめ》からたしなめられたこともあって、無理に話を聞こうとはしなかった。

　しかし、あまりにもだ。鴨華《ひよどりばな》も気にして、悩みはじめているようだった。一度はっきり口にも出していた。

「わたしが、空木《うつぎ》と付き合ったからだ……。なにかしないと……」

　空木《うつぎ》にとって藤袴《ふじばかま》はずっと友達、もしくは姉のようなもので、お互いにそういう対象ではないと考えて生きてきた。それでもさすがに、そうなんだろうと空木《うつぎ》も思わざるを得なくなっていた。

　もうひとつは、この半月ずっと引っかかっている疑念だ。

　完成した『龍のカゴ釣り』と、これから本格的に創っていくことになる『天才ひよどりばな先生の推しごと！』について——いや、その二作にかぎった話ではない。

　もっと根本的な、空木《うつぎ》自身と鴨華《ひよどりばな》のあいだに横たわる問題だった。

　鴨華《ひよどりばな》が、大嫌いな母親に勝つために、空木《うつぎ》を誘導している小説。

　それは鴨華《ひよどりばな》の復讐《ふくしゅう》であって、空木《うつぎ》の自由な小説とは言えないのではないだろうか。自分がいま書き終えたものと、書きたくてうずうずしている本命の『天才ひよどりばな先生の推しごと！』は、果たして、はるか昔に大好きな祖母と約束したような小説なのだろうか——？

第四章　鵯華《ひよどりばな》先生の推しごとも悪くなかった

13.

高校一年の夏休みの最終盤。

空木《うつぎ》はその日、昼すぎから超・文芸部の企画のために学校にきていた。

エアコンが効いた部室の床に、ロール紙を貼り合わせたものを広げている。部員三人で紅葉の絵を描く作業中だ。

空木《うつぎ》がこの企画を閃《ひらめ》いたのは五日前だった。

「今年の夏も暑すぎるし、夏休み終わってもどうせ暑すぎるままだろうからさ、みんなをすこしでも涼やかにしてやろうぜ。秋丸出しのでっかい絵を描いて、今日から秋ですって字も大書して、新学期初日の朝に、部室の窓から吊《つ》りさげておくのはどう？」

と。

「良《い》いけどさあ、絵を描く系の企画、空木《うつぎ》あんま役に立たないんだよねえ……」

提案時にはそんなふうにぶつぶつ言った藤袴《ふじばかま》も、現在は問題なく付き合ってくれている。

かなり時間が経《た》ち、午後五時半を回っていた。にもかかわらず外が真っ昼間とほとんど変わらない明るさなのも、閉めきった窓越しでもツクツクボウシが鳴きすぎてうるさいのも、いかにも夏だった。部室の引き戸が開けられたので、空木《うつぎ》たちは作業の手を止める。訪問者は男子生徒だった。

「あ、やっぱりまだいた。空木《うつぎ》。良かった」

空木《うつぎ》は視線をロール紙に戻しながら言った。

「すみません、どこのどなたか存じませんが、いま部活中ですので……」

「小田巻だよ、知っているだろう！」

空木《うつぎ》のクラスメイトの小田巻だった。

空木《うつぎ》は、はあ、とため息をついた。

「なんだよ」

「そんな嫌そうな顔しないでくれよ。友達だろう」

「友達……では、ないなぁ……。というか俺、おまえのことあんま好きじゃないんだよなぁ
……」

「面と向かってクラスメイトにそう言えるおまえはすごいな。大切な話があるんだ。時間をく

もしれないと」

「大切な用事だからな。僕は空木《うつぎ》の連絡先を知らなかったから、最初は空木《うつぎ》の連絡先知ってる奴《やつ》に言づてを頼もうかとも思ったんだが、それだと無理くさいなと考えて。で、ここにいるかもしれないと」

「駄目と言っても喋《しゃべ》り出しそうじゃん」

「れないか」

小田巻は部室に入ってきて、壁際《かべぎわ》に並んだ椅子のひとつに座った。置物のように座りっぱなしでただスマートフォンをいじる、橘《たちばな》の隣だ。

「今日の午前、サッカー部が練習試合をしてたのは知っているか？　その流れで、サッカー部の仲の良い《い》連中何人かと、さらにその友達とで打ちあげ的な集まりをやってたんだ。僕もそこに呼ばれた。そして、そのメンバーで明日、夏休み最後の思い出として花火会をやろうという話になった。そこで」

小田巻はもったいぶって言う。

「その会に空木《うつぎ》もこないか？」

「行かない。それじゃ、新学期、教室で会おう」

「決断が早すぎるぞ……。勘ちがいしてるかもしれないから言っておくよ、綾目《あやめ》と藤袴《ふじばかま》先輩もいっしょでいい」

橘《たちばな》がふいに、わくわくした顔で尋ねた。

「僕はどうだい？」

「先生は、なしで……」

「空木《うつぎ》くん行かなくていいぞ。それじゃあ小田巻くん、新学期、学校で会おう。部外者はさっさと帰ってくれ」

小田巻はそれでも帰らなかった。覚悟を決めた面持ちで、深刻に切り出した。

「……わかったよ。中途半端《ちゅうとはんぱ》な駆け引きはなしさ。腹を割って話す。空木《うつぎ》、山吹を知っているだろう？」

「まあそりゃ。同級生だから」

「うん、で、こっちは空木《うつぎ》も知らないだろうが、山吹の五歳年上の姉ちゃんときたら、そりゃもうすげえセクシーボムなのだよ。僕は以前、文化祭で見た」

空木《うつぎ》は綾目《あやめ》と目を見合わせ、ぱちぱちとまばたきした。

小田巻が、膝の上のこぶしをぎゅうと固める。

「僕は……空木《うつぎ》、僕はな、彼女と付き合いたい。さまざまなことを、お姉様から手取り足取り教えてもらいたい……！　山吹もその打ちあげにきていたから、僕は頭をさげて頼んだのだ。姉ちゃんも花火会に連れてきてくれ、と。山吹は条件を出した。気づいてないか？　山吹は空《うつ》木《ぎ》に気があるのさ。山吹は空木《うつぎ》の良《い》いところを、顔だけじゃないのよ、と語ったよ。顔と、目と、鼻と、唇と、輪郭と、手の形だと……」

藤袴《ふじばかま》が嫌そうにうめいた。

「ルッキストすぎる」

「山吹は僕に、小田巻は特進クラスでしょ、空木《うつぎ》くんとクラスメイトでしょ、空木《うつぎ》くんを連れてきてくれたら、あたしもお姉ちゃん連れていってあげる、と話した」

「はー？　小田巻くん憶《おぼ》えといて、そういうことする女は心の底から全力でクソだよ。他人を利用する女」

「わかってます、藤袴《ふじばかま》先輩。山吹は魔性のクソ女だ。しかし、……しかしだ！　姉ちゃんはセクシードラゴンなんだ！　僕はどうしても、お近づきになりたい……！　どうだろうか空木《うつぎ》、クラスメイトの純愛の手助けだと思って……！」

「うわー……クラスメイトの性欲……」

藤袴《ふじばかま》がますます嫌そうな反応をする。

空木《うつぎ》は顔をしかめた。

「行かないってば」

綾目《あやめ》は、そうだろうな、と納得の様子である。藤袴《ふじばかま》のほうは、空木《うつぎ》の返答そのものはすこし疑問に思ったようだった。

「空木《うつぎ》、手持ち花火をぶんぶん振り回しそうなタイプなのに」

「小田巻の話を聞いてても、いっさい脳がばちんばちん鳴らないんだから仕方ない。俺でも綾《あや》目《め》でも藤袴《ふじばかま》でもないだれかが思いついた、なんの興味も湧かない企画はきっついよ。……小田巻、花火なら夕方から夜？」

「そうだけど、それだけじゃない。昼からみんなでカラオケとか遊びに行って、メシ食って、シメに花火という最高の一日の予定だ」

「なら、余計にお断りだなぁ。日中は、新学期初日に間に合わなくなるからこの制作の続きをやりたいし、夕方はお祖母《ばあ》ちゃんと約束してるから」

小田巻が訊《き》いてきた。

「約束とは？」

「お祖母《ばあ》ちゃん、いま介護施設に入所してリハビリ中だから。寂しいだろうから、何日かに一度は俺だけでも会いに行ってんの。で、明日も夕方に行くって約束してる。だからそもそも物理的に無理です」

「いやっ……ぜんぜん無理じゃなくね⁉　それ明日じゃなくて明後日《あさって》にしてもなんの問題もないやつ！」

「明日じゃなくて明後日《あさって》でもなんの問題もないけど、俺がお祖母《ばあ》ちゃんには会いたい一方、そっちと遊ぶのにまるで興味がないから……」

「空木《うつぎ》って戦闘力高いよねえ」

藤袴《ふじばかま》がしみじみと言う。空木《うつぎ》としては、それで完全に話は終わりのつもりだった。小田巻に軽く手を振って、制作に戻った。が、すぐに視線を引き戻される。橘《たちばな》が、あっははは、と楽しそうな笑い声を発したからだ。

小田巻に向き直った空木《うつぎ》は、さすがに面食らった。

藤袴《ふじばかま》が、うげ、と短い悲鳴をあげる。綾目《あやめ》も驚いて固まっていた。橘《たちばな》だけはすごくうれしげにしている。

「空木《うつぎ》、この通りだ！」

小田巻が椅子からおりて、額を床にこすりつけて土下座していたからだ。

空木《うつぎ》も、こんな本気の土下座を目の当《ま》たりにした経験はなかった。

「小田巻、おまえさぁ」

「僕はなにも恥《あ》ずかしくない！　これこそが純愛だ……人間、純愛のためにはプライドをかなぐり捨てることも必要なのだよ！　さあ空木《うつぎ》、頼む！」

「……行かないよ」

「頼むううう！」

「……マジか。俺、他人に引いてるの何年かぶりなんだけど。格好悪いみたいな感情は持ち合わせてないんか？」

「格好悪くたってかまわない！　格好悪いことこそが格好良いんだ！　空木《うつぎ》さん頼んます！

……そうだ、綾目《あやめ》！」

土下座したままの人間に話を振られた綾目《あやめ》が、びくっ、とした。

困惑の声を返す。

「な、なんだ？」

「スマホ持ってるだろう、それで動画を撮ってくれ。僕のこの土下座を」

綾目《あやめ》は未知の生き物を見る畏れを目に浮かべていた。

「……どうしてだ。おまえはなにを言っている？　大丈夫か？」

「この全身全霊の土下座を！　僕が、一学期の期末テストの平均点九十三点だったこの頭脳を、小汚い部室の床にこすりつけている勇姿を……！　さすれば、たとえ空木《うつぎ》が参加しなくても山吹が心を動かしてくれるかもしれないだろう！　僕は、夏の最後の甘酸《あまず》っぱい思い出がほしい！　セクシーバニーちゃんと遊びたい……！　綾目《あやめ》！　綾目《あやめ》！」

小田巻は文字通り頭を床にこすりつけながらまた綾目《あやめ》に訴えた。

「早く動画を！」

「い、……いやそれは……嫌だ……」

「ひと思いに！」

「うぅむ………」

綾目《あやめ》が汗をかいて困っている。藤袴《ふじばかま》は、逆にすげえこいつ、という顔になっている。橘《たちばな》はいまにも自分のスマートフォンで撮影をはじめそうな雰囲気だ。

何十匹もずっと鳴いていたツクツクボウシの鳴き声が、たまたまその瞬間、すべてやんだ。エアコンの音。夏の終わりだ。この夏休みも、空木《うつぎ》は綾目《あやめ》と藤袴《ふじばかま》に付き合ってもらって、好き放題やった。おかげで昨日、短編をひとつ書き終えることもできた。祖母への土産話もすでにたくさんある。

空木《うつぎ》は、最初よりおおきなため息をこぼした。

「わかったよ」

「へっ？」

小田巻が顔をあげる。

空木《うつぎ》は言ってやった。

「いいよ。綾目《あやめ》と藤袴《ふじばかま》もいっしょなら」

「いいのか？」

と、驚いた声を発したのは綾目《あやめ》だ。綾目《あやめ》は空木《うつぎ》がやりたくないことを、やりたくないと感じたまま実行する珍しさを理解しているから。

空木《うつぎ》は苦笑して、放心状態の小田巻を親指で指し示した。

「あれはいくら俺でもみっともなくて見てらんない」

「まあ、うむ、……そうだな。俺も正直言って、あの土下座を撮影してスマホの容量をすこしでも無駄遣いしたくない……」

「っしゃあ!!」

小田巻は立ちあがって叫び、藤袴《ふじばかま》はそれほどまんざらでもなさそうに、花火かあ、とつぶやく。橘《たちばな》は自分に関係ないからだろう、ふん、と不機嫌になっていた。教師失格だ。

空木《うつぎ》は、再びうるさくなったツクツクボウシの鳴き声を聞きながら考える。祖母には、明日ではなく明後日《あさって》に行くと連絡しておけば良いか。祖母が気分を害するわけはないし、実際、そうだった。

祖母のスマホにメッセージを送ると、数分の間を置いて、返信があった。

わかった、大丈夫よ、気にしないで楽しんできてね。

明後日《あさって》、楽しみに待ってるからね。

お祖母《ばあ》ちゃんもあとすこしでお家《うち》に帰れるからね。

そうして空木《うつぎ》は翌日、綾目《あやめ》たちといっしょに、昼からつまらない遊びに加わった。他人が考えた計画を、空木《うつぎ》がなんの興味もない連中と行ったわけで、予想通りになんの刺激も感慨もなかった。

花火会では、ボディタッチだらけの山吹にうんざりしたし、小田巻はセクシーマグナムにこれ以上ないほどこっぴどく振られていたし、今日から秋です、の企画も完成しないまま。単にそれだけの結果でも、空木《うつぎ》が小田巻の頼みに応じたことを後悔するには充分だった。

なのに、それだけの結果では終わらなかった。

その花火会のさらに翌日。

夏休み最後の日。

空木《うつぎ》が、自分で用意したインスタントラーメンで昼食を済ませ、そろそろ部活に行こうかなと考えていたところだった。

非番で家にいた母に、介護施設から電話がかかってきた。母は、あれ、どうしたのかな、とつぶやいて電話に出た。

空木《うつぎ》はそのあとの、母の顔色が見る間に変わっていく様を鮮明に憶《おぼ》えている。

「――はい、お世話になってま、……え、……それは、……はい、すぐに行きます。はい、病院名は、……はい、はい、わかります、……はい」

母は電話を切って、青ざめた顔で空木《うつぎ》を見た。

「樹《いつき》、お祖母《ばあ》ちゃんが倒れて、病院に運ばれたって」

倒れた？　転《こ》けた、ということ？　という思考がよぎったのは願望だ。空木《うつぎ》は本心では、そういう話ではないと、母の雰囲気からわかっていた。

「すごく良くない……危ない状態だって」

病院に到着し、母だけではなく空木《うつぎ》も、集中治療室にいる祖母に面会させてもらえた。祖母のそばに立って真っ先に感じたのは、あまりにも濃厚な血の生臭さで、魚の内臓を取るときと似ていた。つまり体の内側の臭いだ。

その臭気と、ベッドで昏睡《こんすい》する祖母の姿は、すさまじい現実感をともなった〝死〟の前段階そのものだった。

祖母に話しかけ、手を握り、頬を撫《な》でて、そのあとで医師に呼ばれた。

母とふたりで話を聞いた。脳幹部分の出血で、手術は大変困難であり、またその意義もほとんどない、という説明だった。母はすがるように、お義母《かあ》さんの高血圧はそこまでひどくは、どうしてお義母《かあ》さんが、と何度か医師に話していた。が、空木《うつぎ》にはそんな話にはもう意味がないと痛いほどわかっていた。

医師が言っていたのは要するに、祖母は運の悪いことになって、回復させる術はない、ということだったのだから。

そのあとで父も仕事を早退して駆けつけてきて、再度となる母といっしょに、集中治療室に入った。空木《うつぎ》はそのときは入らず、集中治療室にほど近い救急外来入り口から外に出て、綾目《あやめ》に電話をかけた。

「悪い、今日は部活行けそうにない」

藤袴《ふじばかま》にも伝えてくれるよう頼み、電話を切って、壁を背にして座り込んだ。

集中治療室に戻ることも考えたが、その気力はなかなか湧かなかった。……正直に言えば怖かったのだ。

空木《うつぎ》は生まれてはじめて、なにかをこれほどまで怖いと思った。

頭ではわかっていても、人間は、その死が確定するまでは心のどこかで奇跡を願うものなのかもしれなかった。あの祖母の姿を見ると、その奇跡は起こらないという事実を嫌でも突きつけられてしまうようでおそろしかった。

どのくらいの時間そうしていただろうか。コンクリートの庇《ひさし》の下でも、湿度が高く、息苦しいほど暑い。

肌着の下に、噴き出した汗が伝い落ちる感覚があった。ツクツクボウシが鳴いている。一匹のスズメバチが、空木《うつぎ》の耳許《みみもと》をぶぅんと通過していった。

空木《うつぎ》はぼんやりと、お祖母《ばあ》ちゃんと話したいなぁ、新しく書いたばかりの短編を読んでもらってないなぁ、と考えた。

それで、あれ？　と思い当たった。

………昨日。

祖母に会いに行っていたら、話せていたではないか。

いま、どれだけ願っても、仮にどれだけ途方もないお金を積んでも、どれだけ入念に手間暇かけても、すべてを投げ打って努力したとしても、もう二度とできないこと。叶《かな》わないのが確定している願い。

それが、もしも昨日、空木《うつぎ》が決めた通りに行動していたら——。

ほとんどなんの労力もなく、叶《かな》っていた。

もちろんそれで祖母の状況が変わったわけではないだろう。たった半日ではバタフライエフェクトすら期待できない。祖母がこうして集中治療室で、数分後か数時間後か数日後かの死を待つだけになる結果は変わっていない。

それでも、空木《うつぎ》はもう一度祖母と話せていた。

小説をあと一編、読んでもらえていた。

空木《うつぎ》が、いつものように、自分のやりたいようにしていただけで。

クラスメイトの土下座に負けて、たまには仕方ないかと軽く考えて、やりたくもないことをやって、自分の心に背いて、一日を無駄にしていなければ。

燃える残暑だった世界が、凍りついたかのようだった。

体が震えはじめた。なんだこれは。ははは、と笑いがこぼれた。俺はなにをしていたんだ。ははは。約束していたのに。昨日、祖母に会いに行く予定にしたのは空木《うつぎ》で、ただ自分がそうしたいからという素直な、空木《うつぎ》にとってはほかのなにより大切な気持ちだったのに。どうしてよりにもよって昨日、そうしなかった？　なんでこんなことになっている？　あはは、馬鹿じゃないのか俺は、はははははは——。

「——空木《うつぎ》っ」

救急外来用の駐車場に停《と》まったタクシーから飛び出してきた奴《やつ》に声をかけられた。

「綾目《あやめ》?」

空木《うつぎ》は白昼夢かと思い、目をこすった。

なにも変わらない。血相を変えた綾目《あやめ》が、目の前まで駆けてきた。……心配して、わざわざきてくれたのか。そうか、この病院、綾目《あやめ》の家からわりと近いもんな——。空木《うつぎ》は、そう言おうとして口を開いた。

だが、親友を前にしてこぼれたのは、意味のない声だけだ。

「……あ——」

自分のその声が涙に揺れていると気づいた途端、あふれた。

感情と叫び声が。

「あ、ぁぁあぁぁぁぁああぁ——!!」

こんなところで叫ぶと迷惑だろう。理性がそう訴えてもどうすることもできなかった。空木《うつぎ》は綾目《あやめ》にすがりついて泣き崩れた。綾目《あやめ》は震える手で空木《うつぎ》の背中を抱いて、大丈夫だ、と言ってくれた。大丈夫だ、大丈夫、大丈夫——。なにも大丈夫ではないのは、空木《うつぎ》も綾目《あやめ》もわかっていた。が、綾目《あやめ》はそう言うしかなかったのだろうし、空木《うつぎ》もなにも言われないよりはずっと良かった。

医師の見立てと空木《うつぎ》の実感通り、祖母が亡《な》くなったのは約三時間後だった。意識を取り戻すことは当然ながら、かすかな反応を示すことすらなかった。

遮光カーテンの隙間から漏れた光を、頬にほんのりと感じた。空木《うつぎ》はぱちりと目を開けた。鴨華《ひよどりばな》の夢を見ていた気がするのに、夢の記憶はあっという間にばらばらに砕けて思い出せなくなる。

土曜日の朝。やや薄暗いのは天気が悪いからだ。空木《うつぎ》は枕元のスマートフォンに触れる。昨日、夜更《よふ》かしをしたせいで寝坊した。予定より起きるのが遅くなってしまった。鴨華《ひよどりばな》からメッセージがきていた。受信時刻はもう二時間以上前だ。

今日わたし藤袴《ふじばかま》と話をしてくる。

それだけだ。何時なのかも、どんなふうに話をするつもりなのかも記されていない。空木《うつぎ》は体を起こし、伸びをしてベッドからおりた。机に置いてあるタブレットＰＣをちらと見やる。夜更《よふ》かしの理由は、はじめて、改稿済みの『龍のカゴ釣り』を最初から最後まで通して読んだからだ。

……去年の晩夏の激しい後悔は、細胞のひとつひとつにまで焼き印されている気がする。あんな過《あやま》ち、世界が引き裂かれるような経験は、絶対に繰り返さない。

やりたくもない、面白くないと感じる事柄に時間や意識を注ぐ無駄はしない。自分のものだと実感できない小説を書くなど、絶対にごめんなのだった。

14.

鵯華《ひよどりばな》はどきどきしていた。

ここ最近、藤袴《ふじばかま》のことで頭を悩ませていた。藤袴《ふじばかま》の立場になって考えると、自分は紛れもなく破壊者だったから。

藤袴《ふじばかま》の当たり前を、おそらくは自分がずかずかと、自分の都合だけで踏み荒らした。空木《うつぎ》と付き合うことになった直後、藤袴《ふじばかま》と一対一でやり取りをした際、空木《うつぎ》への気持ちを否定した藤《ふじ》袴《ばかま》にほっとしたのはただの願望だ。

藤袴《ふじばかま》が空木《うつぎ》に気があるのは、薄々わかっていたのに。

揉《も》めずに済むのがいちばんだと、逃げたかったのだ。

幸せすぎて、余計なあれこれを考えたくなかったにちがいなかった。……その甘えが結局、藤袴を傷つけることになったのかもしれないのに。

「ヒヨちゃん」

藤袴《ふじばかま》の家は、ほんとうに空木《うつぎ》の家の近所だった。

どちらも戸建てで、あいだに路地を挟んではいるものの、数えれば七、八軒分程度しか離れていないのではないか。

断られそうな気がしたのでアポなしで訪れた。

インターフォンに出たのはお母さんだったが、玄関のドアを開けて出迎えてくれたのは藤《ふじ》袴《ばかま》本人だった。それから藤袴《ふじばかま》の部屋に通されて、現在はセンターテーブル越しに向かい合っている。さほどおおきくない本棚を埋めるのは八割が漫画、一割は辞書などで、最後の一割がライトノベルもふくめたその他の本。

鴨華《ひよどりばな》は緊張して、身がまえた。

「はい」

藤袴《ふじばかま》が問いかけてくる。

「もしもだよ、あたしが空木《うつぎ》を賭けて勝負してって言ったらどうする？　あたしが勝ったら空《うつ》木《ぎ》と別れて、とお願いしたら？」

「……ぐぅぅ」

「半分以上冗談なんだから、可愛《かわい》い顔をそんな苦渋にゆがませないでよ。もしかして、勝負を受けるか悩んでる？」

「……ううん。ぜんぜんそうじゃない。ごめん、どう断ればいいかを悩んでただけだよ。もしも冗談じゃなかったとしても、わたしが空木《うつぎ》の恋人の座を賭けた勝負を受ける可能性はゼロです」

「なんで？　自信がないわけでもないっしょ？」

「自信とかじゃなくて……。そんなので空木《うつぎ》と別れたくないし、その、わたしと空木《うつぎ》との付き合いと、わたしと藤袴《ふじばかま》の勝負は関係ないというか……。恋愛ってそうじゃなくて、当人同士の気持ちの問題だから……」

「……。えっぐいくらいの正論だわ。ヒヨちゃんさっき、ぐぅぅと言ってたけど、こっちはぐうの音も出ねー」

藤袴《ふじばかま》はため息とともに鴨華《ひよどりばな》の目をじっと見たし、鴨華《ひよどりばな》もがんばって見返した。

藤袴《ふじばかま》のお母さんが持ってきたくれたコーヒーの良い《い》香りがする。久しぶりに至近距離の、真正面から見る藤袴《ふじばかま》は、心なしか痩せたようでもあった。

自分が超・文芸部に入ってから——空木《うつぎ》と付き合ってから、藤袴《ふじばかま》がどんな心持ちだったかをリアルに想像すると胸が痛んだ。

それでも鴨華《ひよどりばな》に身を引くという選択肢はありえないのだった。

窓の外からはちいさな雨音が聞こえてくる。

……しばらくしてから、藤袴《ふじばかま》があはっと笑った。力ない、けれども強がりではなく吹っ切れた笑い方だ。

鴨《ひよどり》華《ばな》は、張り詰めた空気がやわらぐのを感じた。

藤袴《ふじばかま》がベッドの上の、でっかい猫のぬいぐるみを取る。鴨華《ひよどりばな》も当然知っている、最近けっこう人気になっているアニメのキャラクターの猫だ。

藤袴《ふじばかま》はそれを抱きしめて言う。

「ごめんねヒヨちゃん」

「どうして藤袴《ふじばかま》が謝るの？」

「わかってるから。ほんとは。……ヒヨちゃんはあたしが傷ついたと思って、自分のせいだと思って会いにきてくれたんだろうけど、あたしだっておんなじ。あたしの反応はヒヨちゃんを傷つけたと思う。お互い様。前にラーメンのゲロかけたことはチャラにしてほしいけど。……空木《うつぎ》にもひどいこと言っちゃった」

「空木《うつぎ》は、ぜんぜん気にしてなかったよ」

「……ならいいけど。気まずいから超・文芸部辞めようかとも考えたけど、結局はね、あたしもあの部活楽しいから、辞めたくないんだよぉ」

鴨華《ひよどりばな》はわずかに頬をゆるめた。

「それ、空木《うつぎ》が聞いたらにんまりして、心底喜ぶでしょうね」

「それはちょっと悔しいぃぃ……。あたし、空木《うつぎ》に女子として熱をあげられるのが無理筋で、ヒヨちゃんに勝ち目なんてなくても、やっぱ空木《うつぎ》のこといろんな意味で好きなのは変わんないんだよねぇー……。綾目《あやめ》だって良い奴《やつ》だし思うし、ヒヨちゃんも素敵な子だから好き……　橘《たちばな》はマジで無理だけどぉ……！」

「わたしも藤袴《ふじばかま》のこと好きで、……橘《たちばな》先生は厳しいな」

「だよねだよね、でも、見た目だけはさわやかな大人だから騙《だま》されてる女子生徒たまにいるんだよぉ。前、クラスの女子に橘《たちばな》先生のこと好きなの、部活ではどんな人？　って乙女面で訊《き》いてこられて、どうしようかと思った……」

「それは……、うん、そういうときはどうしたら良《い》いんだろうね……」

「橘《たちばな》先生、去年なんて、コスプレバーで出会ったマリンちゃんというクールビューティな子の女子高生コスプレ姿がいかに魅惑的だったか、女子高生のあたしに力説してきたんだよ？　懲戒免職待ったなしじゃない？」

「きっつー……。でも、そういうネタいっぱい溜《た》め込んでおけば、部活で必要なときに車出せーって圧力かけやすくない？」

「おお、ヒヨちゃんもなかなかのワルですよねえ。……うん、やっぱりさあ、あたし超・文芸部の活動なんだかんだ言って好きなんだよね。あたしの恋心をなしにして考えても、空木《うつぎ》といっしょにいると飽きないし、呆《あき》れることはあるけど楽しい……、……ただ受け入れるのに時間が必要だったのかも」

藤袴《ふじばかま》は盛大にため息をついた。

「そもそもさぁ、これあたしに言うんだけど、あんなに荒《すさ》むくらい空木《うつぎ》が好きだったんならヒヨちゃんが現れる前に行動くらいはしとけよって話だもん。どーせ上手《うま》くいってないだろうけど、それすらしてなかったんだから文句言う資格はないんだよ。自業自得《じごうじとく》。ぜんぶ単に、ヒヨちゃんへの僻《ひが》み……、……あぁー！」

藤袴《ふじばかま》がぬいぐるみを、絞め殺すように抱きしめる。

虚勢ではなく心からの声に聞こえた。

「周囲に八つ当たりしてたの恥ずかしいなあ！」

そのときの表情はもう、普段通りのものになっていた。

それは鴨華《ひよどりばな》をある程度、ほっとさせるものではあった。けれどすべてではない。藤袴《ふじばかま》はおおむね解決したような、すっきりした顔をしているが、鴨華《ひよどりばな》はちがった。ただ会話だけで終わらせるつもりは最初からなかった。

藤袴《ふじばかま》に、完全に納得してもらいたい。

この恋心は、ただふたりがいちゃいちゃして楽しいというだけではなく、鴨華《ひよどりばな》と空木《うつぎ》にとってどうしても必要なものでもあるのだ、と。

鴨華《ひよどりばな》に緊張が残っているのは、鴨華《ひよどりばな》先生としてどれだけ確信があっても、作品の評価はしょせん主観の占める割合がおおきいからだ。鴨華《ひよどりばな》がめちゃくちゃ面白いと思っていても少なくない読者に否定され、ぜんぜん売れない作品などざらにある。その逆もだ。そういった認識のずれは、必ずしも鴨華《ひよどりばな》が正しいわけでないのもわかっている。

持ってきたバッグに手を伸ばす。

鴨華《ひよどりばな》はまるで『ザ・フューネラル・ストーリー』の最終選考待ちのとき——あるいはそれ以上に心臓がばくばくいっているのが自覚できた。……だって、鴨華《ひよどりばな》と空木《うつぎ》以外の目にはじめて触れさせるのだから。

「藤袴《ふじばかま》、ひとつお願いがあるの」

鴨華《ひよどりばな》が切り出すと、藤袴《ふじばかま》は内容も聞かずにうなずいた。

「心配かけたし、ヒヨちゃんの頼みならだいたいなんでもいいよ」

そして、にやりとして付け加えてくる。

「ただこっちからもお願いがあるから、交換でいこーよ」

「藤袴《ふじばかま》のお願いは、なに？」

「あたし、何度も想像してみようと思ったんだぁ。でもぜんぜんできなかった。あたしのなかで、空木《うつぎ》と恋心みたいなもののイメージがいまいちつながんないんだよねえ……。けど、ヒヨちゃんなら、一回くらいは余裕ぶった笑み消して頬を赤くして目ぇ泳がせる空木《うつぎ》を目の当《ま》《あ》たりにしたこともあるんでしょ？」

藤袴《ふじばかま》の訊《き》き方はどこかひそやかで、いたずらっぽかった。

「ね、恋にどきどきしたときの空木《うつぎ》がどんな顔すんのか、話聞かせてよ」

それで鴨華《ひよどりばな》の緊張も、ほぐれた。

バッグのなかからその原稿を取り出しながら、答えた。

「――あは。わかった」

鴨華《ひよどりばな》はようやく、笑い声を発することができた。

＊

藤袴《ふじばかま》のお母さんがインターフォンに出て、あら、空木《うつぎ》くんも、と言ったことからも、鴨華《ひよどりばな》がやはり先に訪問しているのはわかった。

招き入れてもらって、ひとりで藤袴《ふじばかま》の部屋へと向かう途中、空木《うつぎ》といえども多少の緊張がなかったと言えば嘘《うそ》になる。藤袴《ふじばかま》にどんな言葉をかけるのが正解なのか、わからないままだったからだ。

ただ、決めるのは藤袴《ふじばかま》だが、超・文芸部に藤袴《ふじばかま》の存在は必要である、と素直な気持ちを伝えようとは考えていた。空木《うつぎ》が思っている、嘘偽りのないことを。

ノックをして、どーぞ、という返事でドアを開ける。

空木《うつぎ》は、どきりとした。

藤袴《ふじばかま》と目が合ったから――ではなかった。

玄関先まではあってもここにくるのは久しぶりだ。おそらく高校部にあがってからははじめての藤袴《ふじばかま》の部屋。その中央あたり、以前と変わっていない丸っこいセンターテーブルの上に置かれた、コピー用紙の束に気づいたのだ。

一枚目には『龍のカゴ釣り』とタイトルが記されている。

藤袴《ふじばかま》の部屋の片隅に座る鵯華《ひよどりばな》が浮かべる、ちょっとした笑み。藤袴《ふじばかま》が空木《うつぎ》を見あげるまなざしの、どこか普段とはちがう雰囲気。空木《うつぎ》はそれらから、藤袴《ふじばかま》が改稿後の『龍のカゴ釣り』を読み終えていると直感した。

その瞬間、経験したことのない感覚に襲われた。

……あれ？　なんだ？　と思う。

期待と不安がない交ぜになって、胸の奥で渦巻くような。

まさか、これは。……自分は、藤袴《ふじばかま》が『龍のカゴ釣り』を読んでどう思ったかを気にしているのか？

空木《うつぎ》自身、戸惑った。書いた小説をネットに公開しても、部誌に掲載しても、こんな気持ちにはならなかったのに。

これまで一度たりとも、こんな気持ちになったことなんかない。

…………もしかすると、空木《うつぎ》自身が昨夜『龍のカゴ釣り』を読み返し、自分の小説に対してはじめて抱いた気持ちがあったからかもしれない。空木《うつぎ》は昨晩、こう思ったのだ。あれ、この小説って――――。

藤袴《ふじばかま》の第一声が、空木《うつぎ》の当惑を吹き散らした。

「——こんなの書けるんなら、最初から書けぇっ‼」

ばちん！　と。

脳に電撃が走った。

ばちん、ばちん、ばちん、と一面の花が次々に開花するかのごとく。

その火花のひとつひとつが、空木《うつぎ》の価値観に新しい色彩をぶちまけていく。叫んだ藤袴《ふじばかま》の半泣きの顔も、鴨華《ひよどりばな》の誇らしげな笑顔も、それぞれ火花の種だ。

全身に鳥肌が立った。ぶる、と震えが走った。

藤袴《ふじばかま》が抗議交じりの声で怒鳴ってくる。

「面白いじゃん馬鹿ぁ！　空木《うつぎ》が書いたからってひいき目は入ってるにしても、あたしが読んだ面白い本と比べてもあんまり負けてないじゃん！　ヨハンは格好いいしナギちゃん愛くるしいし文章はたまに読みにくいけど物語にはずっとハラハラどきどきだったし！　空木《うつぎ》が部誌にこういうの載っけてたら、一部の教師や生徒から文芸部かっこわらいなんて馬鹿にされてこなかったぞ絶対！」

……興味ない。評価はどうでもいい。書きたいように書くだけ。

空木《うつぎ》が感じた〝楽しい〟を小説の形にするだけ。

それらは当然、空木《うつぎ》の強がりではなく単純な本心だった。

なのに。

「ヒヨちゃんの意見を取り入れなきゃこんなの書けなかったんだろうけど、書ける可能性持ってたんなら端から努力はしてぇ！」

ふと思い出す。空木《うつぎ》が最初にネットに公開した『海はあふれない』につけられた、ただ一件のコメント。

「あたしがどんだけ、空木《うつぎ》が書いたものだから……と無理して、ハラハラどきどきしないのんべんだらりした小説を、眠気に耐えて読んできたと思ってるんだよぉ……！　エッセイなら面白いのも多々あったけど、小説はけっこうきつかったんだからあ……!!」

最近になって鵯華《ひよどりばな》に確認したら、自分が書いたものではないとのことだったので、それはこの世のだれか――空木《うつぎ》のつまらない小説をたまたま楽しめた、名も知らぬ読者が書いてくれたのだ。

エモい！　私は好きです。

祖母や、藤袴《ふじばかま》や綾目《あやめ》以外からの、はじめての感想。

当時の空木《うつぎ》の胸に、わずかでも熱いものが生まれなかっただろうか。

ディスプレイを覗《のぞ》く空木《うつぎ》の口許《くちもと》は、ほんのすこしでもにやけていなかっただろうか。

「ヒヨちゃんとのことを題材にしてラブコメを書くんでしょ？　アホ丸出しのカップルみたい

最初から
書けぇっ!!
NEKO!

にいちゃいちゃして、くっだんねー部活動楽しんで、その毎日を物語として切り取りたいんでしょ？」

ほんとうはその気持ちの芽生えを知っていたのに、あえて理解しないようにしていたのではないか。

「あたしも手伝ってやるから、そっちのほうの完成も楽しみにしといてやっから、さっさと書けよばぁ――かっ!!」

「ねえ、空木《うつぎ》」

ふわ、と鵯華《ひよどりばな》の匂いが鼻腔をくすぐる。鵯華《ひよどりばな》が空木《うつぎ》のそばまでやってきていた。鵯華《ひよどりばな》がいかにも楽しそうに、うれしそうに、熱っぽいまなざしでこの先に起こることを見通しているかのように、ささやいてくる。

いまは、否定のしようがないことを。

「目、きらきらしてるよ？」

火はついている。あっという間に、手がつけられない勢いまで燃え広がっている。空木《うつぎ》はたしかに、これまで理解していなかったものを理解した。

心の深い部分で実感してしまった。言うまでもなく、空木《うつぎ》が好きに書き殴っていた小説では藤袴《ふじばかま》にこんなことは言わせられなかった。

こんな顔はさせられなかった。

ぞくぞくする。空木《うつぎ》はうつむいた。自然と口許《くちもと》がゆるんだ。自分の脳と世界がつながったような全能感があった。なにかが通電した。脳細胞が新たな回線を開いた。無限の可能性のなかのひとつがまた具現化した。いまなら、と思う。いまならきっと、なんでも書ける。もっと良く書ける。一枚岩の大理石に埋もれたピエタを削り出すかのように、この世界から物語を削り出すことができる……！

だから『天才ひよどりばな先生の推しごと！』を書きたい。

空木《うつぎ》自身が、なによりも楽しいと思えることだ。

空木《うつぎ》はさわやかな笑みとともに顔をあげ、ひとつの閃《ひらめ》きを口にした。

「じゃあさ、明日は藤袴《ふじばかま》の復帰祝いで続・ラーメン地獄めぐりを」

「「いやそれはしない」」

――あれ、この小説って面白いのでは……？

それが、空木《うつぎ》が改稿済みの『龍のカゴ釣り』を通して読んで思ったことだった。

鴇華《ひよどりばな》のディレクションは正しかったと、疑うべくもなかった。

指摘も、提案も、方向性も的確だった。

改稿前と比べると、タイトルがおなじで、空木《うつぎ》が書きたい中核はなにも穢《けが》されておらず、基本的な話も似通っていても、別物の出来だった。

第一稿には欠片《かけら》もなかったフックがあった。ストーリーに起伏とひねりがあった。キャラクターたちのドラマに奥行きがあった。主人公への共感と、たしかな成長があった。そして、書いているときのことを思い出して確信があった。

空木《うつぎ》は書いていて、一度も飽きることがなかったのだ。

つまりは楽しかった。……藤袴《ふじばかま》が超・文芸部の部室で爆発して祖母のことを口に出し、鴨《ひよどり》華《ばな》の家でのやり取りを経てもなんら変わらず、書くことに関しては楽しいままだった。

それは。

＊

「あの子が、例の元子役の子ね。たしかに、そうだわぁ。直《じか》に見るとTVで観《み》てたよりもっと美人に感じるのねぇ」

部屋にやってきた母が、しみじみと言った。

「っていうか、空木《うつぎ》くんうちにあがるのはけっこう久しぶりだったね――……桐子《とうこ》、なんで力尽きてるの？」

藤袴《ふじばかま》は最近お気に入りのアニメ『すすめ！　猫砂漠』のノルウェージャンフォレスト氏のぬ

いぐるみを抱きしめ、床に転がったまま、ぼそりと答えた。

「疲れた……。精神すり減った……」

「な、なに？　どしたの？」

「若者には若者でいろいろあるんだよぅー」

母は訳知り顔になって、あぁ、とうなずいた。

「桐子《とうこ》、空木《うつぎ》くんにずっと恋してたもんねぇ。振られちゃったかー」

「…………ママにそんな話をしたことございませんが」

「見てりゃわかるよー。……そもそもね、男女の友情なんて成立しないんです。ぜぇーったいよ！」

母は妙に力強く断言した。

「世の中には友達同士の男女なんていくらでもいるのに、男女の友情って成立しないんじゃ？って言説が飛び交うのが答えだから。本物の友情には敬意が必要で、そこまですごいなあと思える男の子がいたら、女の子が恋せずにいるのは難しいと思わない？　ママ、大学のときそのごちゃごちゃで面倒くさい思いしたんだから……！」

「……一理はある。ママの過去になにがあったんだとも思う。けど、いまはそんな話を聞く気分じゃないからそろそろ出ていってくれますか」

母は、ふふ、とふくみ笑いをした。

「桐子《とうこ》たちが部屋で遊んでるあいだに買い物行ってきて、お土産に『パティスリー・サラマンダー』のザッハトルテと焼き菓子買ってきたんだけど、いらないんだなぁ」

「…………それは、いる！」

糖分は生きる糧《かて》だ。

体力気力ともに充塡しておかなければならない。月曜日からはまた、にぎやかな日々がはじまるのだから。

＊

藤袴《ふじばかま》の家を出たあと、空木《うつぎ》は鵯華《ひよどりばな》をバス停まで送るつもりだった。

雨あがりの道を、ふたりで歩いていた。一面の雲は残っているものの、空も明るくなりはじめている。

空木《うつぎ》は水溜《みずた》まりをまたいで、尋ねた。

「鵯華《ひよどりばな》。小説のこと以外に、藤袴《ふじばかま》とどんな話をした？」

「言うほどいろいろではないかな。わたしは藤袴《ふじばかま》に納得してもらおうと思ってたんだけど、余計なお世話なくらいだった。わたしみたいな、ふたつも年下のガキんちょがああだこうだ言わなくても、藤袴《ふじばかま》は自分でちゃんと考えてたよ。……あ、でもそうだった、ひとつ面白い話もしたんだ」

「どんな話？」

「空木《うつぎ》の表情の話だよ」

鴨　華《ひよどりばな》は、にまーっ、と顔をほころばせる。

空木《うつぎ》の羞恥心という、ちいさな的を撃ち抜くことを言ってきた。

「空木《うつぎ》の家で、わたしにソファに押し倒されたみたいな姿勢になったときの」

「……あぁ、そっか」

できるだけ素知らぬ顔で応じた。だが鴨華《ひよどりばな》は、目をそらした空木《うつぎ》の表情からほんのかすかだけこぼれた照れを敏感に察したらしかった。

「あれぇ？」

空木《うつぎ》の前方に進み出て、くるりと振り返って後ろ向きに歩きながら、思いきりにやついて続けてくる。

「思い出したら、ちょっと恥ずかしくなったんですかぁ？　そりゃそーだ、わたしが知るかぎり空木《うつぎ》史上一位のどきどきでしたもんねぇ？　わたしのぜんぶにどっきどきしていまにも理性が飛びそうな顔というか？　わたしはあれで、こいつ私のこと好きじゃない？　というけっこうな実感が——」

「実感が生まれた途端、我慢できなくなってちゅーしちゃったわけだな」

鴨華《ひよどりばな》の羞恥心の的は、ぜんぜん、ちいさくもない。

あっさり反撃されて、うぐっ、と言葉を止める。

どちらからともなく、自然と足が止まった。生ぬるい風が吹いた。道沿いの雑貨店の、軒下にあるツバメの巣で、もういまにも巣立ちそうにおおきくなった雛《ひな》が鳴いている。……この感じ、と空木《うつぎ》は思った。鴨華《ひよどりばな》とこうしている、この感じ。この感情。この関係。ふたりのこの表情。

この、ふたりがいる世界。

おなじことを鴨華《ひよどりばな》も考えたのだと空木《うつぎ》はわかったし、鴨華《ひよどりばな》も同様だっただろう。

「──ねえ」

実際に切り出したのは鴨華《ひよどりばな》のほうだった。

「このまま解散で、ほんとうにすっきりする、かな……？」

空木《うつぎ》は、いや、とかぶりを振った。

「……ぶっちゃけ、うずうずしてる。いま。かなり」

「だよね？　『龍のカゴ釣り』のほうが終わって、イメージも固まってきてるよね？　だったら、こうしてどきどきしてるまま、まずはログラインのようなものをまとめてみない？　いまから。ふたりで。いっしょに」

「ログラインってなんだ？」

「じゃあ、そこから説明するよ。……空木《うつぎ》の家でも良《い》い？　大丈夫。空木《うつぎ》なら、ログラインくらいすぐ作れる。わたしは空木《うつぎ》の創作能力については、空木《うつぎ》よりもよく理解してるから。わたしのディレクションを信じて？」

「わかったよ。鴨華《ひよどりばな》は、俺の担当編集者様だもんな」

「人をあんな屁《へ》こきダンゴムシといっしょにしないで！」

空木《うつぎ》は笑って、鴨華《ひよどりばな》の手を握る。鴨華《ひよどりばな》は強く握り返してくる。

空木《うつぎ》は自分の心に灼熱《しやくねつ》がたぎっているのがはっきりとわかったし、鴨華《ひよどりばな》もそうであるとその手から伝わってくるように感じた。あぁ、と空木《うつぎ》はすでに当たり前となったことを思う。

鴨華《ひよどりばな》はなんて愛らしいんだ。俺はこの、感情がめまぐるしく色あざやかに渦巻くような少女のことが、大好きだ。

空木《うつぎ》には鴨華《ひよどりばな》の一挙一動がきらめいて見える。

その実感が、空木《うつぎ》の全能感を継続させる。電撃をより強く走らせる。

世界とつながったような感覚を、早々には消えさせない。

15.

ログライン。

物語の中核となるconflictを述べ、全体のストーリーをごく短い文章に凝縮したもの、というのが鴨華《ひよどりばな》の説明だった。

「物語のイメージは膨大すぎて、最初は作者にも全体像なんてぜんぜん見えないものよ。でも短くても実際に起こしてみたら、その物語が読者を惹《ひ》きつけるフックをどの程度ともなっているか測れるの」

鴨華《ひよどりばな》は空木《うつぎ》の部屋で、指で作ったフレーム内に空木《うつぎ》を収めながら語った。

「わたしはログラインを、ふわふわしたイメージに明確な姿形を与えるものだと考えてる。迷ったときの軸にもなる。自分がこれから書く物語の魂だよ」

そしてその日、空木《うつぎ》の書きたい鴨華《ひよどりばな》像を中心にして、鴨華《ひよどりばな》が納得するだけのものをねじ込んだログラインは、こうなった。

〝アマチュア作家の主人公が部長を務める、アクティブすぎる文芸部。その部をサークラしようとする美少女天才作家兼天才編集者ヒロインは、主人公をプロ作家デビューさせたい厄介ファンだったが、風変わりな主人公に振り回され、恋愛的な意味で逆にクラッシュされていく〟

現実よりもコメディに振った。

だがたしかに鴨華《ひよどりばな》の言う通り、その短い文章は、漠然と書きたかったものにフレームを与えた。タイトル先行だった『天才ひよどりばな先生の推しごと！』に、物語としてのちいさな命が宿った。

それから、月が替わって何日か経過するまでの、半月ちょっと――。

放課後の超・文芸部部室。

藤袴《ふじばかま》がぽつりと「え、これ大丈夫なの？」とつぶやくのが空木《うつぎ》の耳に届いたし、鴨華《ひよどりばな》の耳にもおなじく聞こえていただろう。お互いそれらを気にする余裕もないくらい、議論が白熱していただけだ。

「は？　鴨華《ひよどりばな》、なんだって？　もう一回言ってくれ」

「だからさ空木《うつぎ》、このあいだ、ふたりでさんざん考えた末のコメディ全振りのログラインだったんじゃん？　なのにこのプロット、いったいどういう了見で、この部分を取り入れてるのかと訊《き》いてるの」

「この部分って、いったいどの部分の話だよ。不機嫌アピールしてるヒマあったら具体的に指摘してくれよ」

「ええっ？　わたしの話の文脈でわかんないもん？　わたしとあのクソ女――母親のくだりに決まってる。あのクソ女のことでわたしがダメージ負ってる描写なんて、明るく楽しいコメディに影を落としかねないでしょ。なに、気が変わったの？　俺たちの恋はこんなんじゃなーいとか言い出すのー？」

「鴨華《ひよどりばな》のほうこそ、俺がプロットにそこを入れた理由がわからないのか？　俺の創作に関しては俺自身よりよく理解してると豪語してなかったっけ？　俺はちゃんとした理由があってそうしてるんだけどさぁ！」

「へー？　へぇえぇっ？　ほんとに？　どんな理由？　言ってみて。わたしを納得させてごらん。もちろんただの感情の話じゃないよね？　俺がこうしたいから、なんて聞き飽きたよ。わたしだってたまには、空木《うつぎ》が譲らないから仕方なく引きさがるんじゃなくて、心の底から納得したいなぁ――」

「じゃあ、そうさせてやるよ。……俺が書きたい、鴨華《ひよどりばな》の魅力を、できるかぎり書ききるためだよ！」

鴨華《ひよどりばな》は、はっと撃たれた顔になった。

「あ。大丈夫そうだぞ藤袴《ふじばかま》、むしろ惚気《のろけ》っぽい」

綾目《あやめ》が言い、スマートフォンをつつく橘《たちばな》は「ああ、まさか、そんな……」と嘆いている。空木《うつぎ》は確信とともに告げた。

「鴨華《ひよどりばな》が俺より俺の創作をわかってると言うんなら、俺だって鴨華《ひよどりばな》という人間の魅力を鴨華《ひよどりばな》よりもわかってるんだよ。鴨華《ひよどりばな》は良《い》い匂いがする……その通りだ、表情がころころ変わるのが飽きない……その通りだ、熱量に打たれる……その通りだ、ちょっとずれてるとこが可愛《かわい》い……その通りだ。でもそれだけじゃぜんぜんない。その振り幅のおおきさこそが俺には新鮮な驚きで、それを書かない選択肢はない！」

鵯　華《ひよどりばな》は照れたわけではなかった。

空木《うつぎ》の話を聞きながらうつむき、あごに手をやって沈黙する。

つまり、空木《うつぎ》の言うことを真面目に思案している——。

「ふつうありえない年齢であんな小説を書いて新人賞を獲《と》ったのに、作家としての自己評価がひどく低いのも。芸能界という華々しい世界で活躍してたのに、書評みたいな地味きわまりないジャンルで動画配信チャンネルやってるのも。俺は興味をそそられる。面白くて笑えてくる。当然、母親が嫌いで対抗心燃やしてて、勝ち目が薄い戦いにも絶対負けてやらないと決意してるとこもだよ。だから——！」

「——だったら、こうするのはどう？」

鵯　華《ひよどりばな》がなにかを閃《ひらめ》いたふうに顔をあげる。

その目が先ほどまでとは一転、上機嫌にかがやいていた。

「振り幅——ギャップがキャラクターに深みを持たせる。その主張は一理ある。けど、ダウナー方向だけじゃないでしょ？……作中でのわたしは、大作家である母親に心酔しているということにする。空木《うつぎ》の小説に出会うまでは、実は毒親である母の作品こそが世界一だと思い込んでた。でも、空木《うつぎ》に価値観をぶち壊された。作中のわたしは、母親の存在にダメージを受けてるんじゃなくて、こんな雰囲気で振る舞う」

鵯華《ひよどりばな》は制服のポケットからスマホを取り出した。軽く操作してその画面を出し、空木《うつぎ》にも、藤袴《ふじばかま》たちにもざっと見せる。

連絡先だ。画面におおきく表示されているのは〝鵯華雪子《ひよどりばなせつこ》〟だった。

鵯華《ひよどりばな》はいきなり、電話をかけはじめた。

いままで空木《うつぎ》が目撃しただけでも二回、かかってきたのを取ろうとしなかった相手へ。さすがに驚く空木《うつぎ》の前で、音声をスピーカーに切り替え、相手が出るのを待つ。

五コールほどで出た。

『なに?』

個人の累計発行部数が一千万部に迫るという作家、鵯華雪子《ひよどりばなせつこ》の、声。

すこしだけ鵯華《ひよどりばな》に似た低めの声で、機嫌は悪そうだった。

『千夏《ちなつ》、わたしからの電話ずっと無視していたでしょう? わたしがどれだけ心配してあげたと、……新作ぜんぜんやってないらしいじゃない? デビュー作は文章と構成が四十点でも売れはしたんだから、次はもっとマシな――』

「――こっちが電話拒否してんだからずっと怒ってるのくらい察しろよ!」

鵯華《ひよどりばな》は、母親のお喋《しゃべ》りを吹き散らして怒鳴った。

「っつーか迷惑だから電話かけてこないで! わたしの担当と連絡取ろうとするのもきしょいからやめて! そのくせぇ口から心配の言葉吐かれなくても、あんたの心こもってない技術優先のクソつまんねぇ小説よりもはるかに面白い小説をそう遠くないうちに創ってやるからぶるぶる震えて寝てろばぁ――――かっ!!」

ぶつっ。

鵯華《ひよどりばな》は一方的に通話を切って、笑った。

「このあいだの藤袴《ふじばかま》の啖呵《たんか》を参考にしてみた。つまり頭が空木《うつぎ》一色で、無意味に信じてた母親のことが眼中になくなっていく感じで、アッパーな方向にギャップを作る。作中のわたしが毒親から開放されていく様をコメディ剝《む》き出《だ》しのまま描ける。わたしというキャラクターの振幅を保ちつつ『天才ひよどりばな先生の推しごと！』に重たい展開を入れずに済む」

くす、くすくす、くすくすくす。

空木《うつぎ》は気づけば、笑いが止まらなくなっていた。なまじ鵯華《ひよどりばな》と母親の話を聞かされていたからこそ、いまの電話は想像もしていなかった。

鵯華雪子《ひよどりばなせつこ》がすぐにかけ直してきて、鵯華《ひよどりばな》のスマホは鳴りっぱなしだが、鵯華《ひよどりばな》は取ろうとはしない。

その自信たっぷりの、どうだと言わんばかりの態度。

空木《うつぎ》は、ばちばちと脳の発火を感じる。

ほんとうに、いったいどこまで空木《うつぎ》好みの少女なんだ。

「わかった。俺の負けでいい。いまのはイメージが完璧につながった。母親がトラウマになった鵯華《ひよどりばな》が俺に出会って吹っ切れるんじゃなくて、母親に過剰に心酔してしまっていた鵯華《ひよどりばな》が俺に出会って親離れも果たしていく。この方向でいこう。……難しいけど、鵯華雪子《ひよどりばなせつこ》の小説より面白い小説を書けるよう、できるだけの努力はするよ」

藤袴《ふじばかま》が「なんかヒヨちゃんの大問題が解決したっぽい空気を感じる……」とこぼして、綾目《あやめ》は「やっぱり、惚気《のろけ》だった」とうなずく。

おそらく鵯華《ひよどりばな》が母親に電話したことも気づいていない橘《たちばな》は、ひとり「まさか……サヤカちゃんにブロックされてるなんて……」と膝から崩れ落ちていた。

六月最後の日曜日は梅雨まっただなかの晴れ間で、雲ひとつないような空で、気温は真夏に近いほど上昇した。

橘《たちばな》の車で山間部、景勝地である渓谷まで出かけた。その遊歩道の入り口あたり、巨大な岩がごろごろした渓流の河原まで歩いて行くと、空木《うつぎ》の家やＡＩＡ学園ではそればかりが聞こえはじめているクマゼミの鳴き声がなかった。

代わりにミンミンゼミが鳴いている。

いかにも夏、といった様相だった。

……きっかけは藤袴《ふじばかま》が数日前に発したつぶやきだ。

「最近、晴れると暑いなぁー。水遊びでもしたいよねぇ」

そんなわけで、空木《うつぎ》は河原の、丸まった赤ちゃんドラゴンくらいありそうな岩の上に座り、部員たちを眺めていた。

岩の上には渓谷にかけられた橋の影が落ちており、ひんやりした水辺の空気と相まって心地良い涼しさだ。

「おっ、見てくれ綾目《あやめ》くん、カジカみたいな謎の魚が数匹！」

はしゃいだ声をあげるのは〝ガサガサ〟中の三十四歳男性だ。ともに水辺の生き物探しに興じている綾目《あやめ》は、橘《たちばな》が捕らえた獲物たちを見つめ、無言だが目をかがやかせている。実はあれもはしゃいでるな、と空木《うつぎ》には見て取れた。

橘《たちばな》の声が続く。

「これ、持って帰って一か八か素揚げしたら酒のつまみにならないかな？　この謎の魚には遊漁券設定されてないよな？　……よし！　綾目《あやめ》くん、これとあとサワガニを捕まえよう！　揚げればイケる！」

「了解」

その向こうで、藤袴《ふじばかま》と鴨華《ひよどりばな》が膝付近まで水に入っている。

「ほらほらヒヨちゃーん、いひっ、あっはは、水マジつめたすぎて笑える。気持ちいいねー！ほれ、食らえー」

藤袴《ふじばかま》がふざけて、川の水を散らした。

鴨華《ひよどりばな》はそれを避けて、笑いながら抗議する。

「藤袴《ふじばかま》！　いくら水が綺麗《きれい》でも生水なんだから顔は狙わないようにしてよ。まったく、……えいっ」

「うわっ、……やったなー。とりゃっ」

「あはは、当たらないよーだ。えいえいっ」

「うへへ、ふふっ――」

「あはは、あっはは――……」

ふたりは川の浅瀬をざぶざぶと移動してくる。…………やがて空木《うつぎ》の正面までやってきたところで、鴨華《ひよどりばな》が空木《うつぎ》に振り向いて訴えた。

「……ねえプロットは⁉」

「いやいますんげえエンジョイしてたじゃん……。まあ、前にあれこれ屁《へ》こきダンゴムシみたいにねちねち指摘されたプロットの再改稿バージョンも、第二のターニングポイントあたりまで書けたから。焦《あせ》らなくても、もうすぐだよ。……そうだった」

ちょうどいいタイミングがあれば話をしようと思っていた。

「鴨華《ひよどりばな》、その第二のターニングポイントについての相談、いい？」

「おっ。もちろんいいよ。なに？」

「第二のターニングポイントの流れ自体は、第二稿のままで良《い》いと思うんだけどさ」

第二稿だと、主人公である空木《うつぎ》の意思表明として鵯華《ひよどりばな》にキスをして、それを契機にして第三幕、クライマックスでの執筆のシークエンスに入っていく展開だった。

「書いていて、なんかつい勢い余っての軽いキスじゃ、その後の恋心の盛りあがりっぷりが物足りないと感じた。軽くじゃなくてけっこう強めのキスをしちゃって、ふたりとも恥ずかしくてムラムラしてぐちゃぐちゃに動揺しながらの執筆になる……みたいな、わちゃわちゃしたクライマックスにしたい」

鵯華《ひよどりばな》が思案顔になる。その頭上をトンボが一匹飛んでいった。が、鵯華《ひよどりばな》は気づきもしなかった。藤袴《ふじばかま》が「え、題材自分たちなんだよね？　空木《うつぎ》、下心で言ってない？」と口をはさんだのも、鵯華《ひよどりばな》は聞いていなかった。

鵯華《ひよどりばな》が答える。

「良《い》いと思う。……たしかにクライマックスの勢いが増すイメージが湧く。空木《うつぎ》が問題なく書けそうなら、採用しましょ。それ」

そのときすこし離れたところで、橘《たちばな》の「――わぷっ⁉」という悲鳴と、ばしゃっと浅瀬に尻餅をつく音がする。それはべつにどうでも良かった。

下心ではなかった。純粋に、そうすると筆が乗る、と確信とともに閃《ひらめ》いただけだ。

空木《うつぎ》はタブレットPCから顔をあげて、ふと言った。

「そうだ。鵯華《ひよどりばな》、ちゅーしよう」

「…………はい?」

最近、空木《うつぎ》の思いつきの提案にすっかり慣れた鵯華《ひよどりばな》でも、さすがにふいうちだったらしい。何秒か凍りついた。そのとき鵯華《ひよどりばな》は自身のノートPCと無線でつなげたイヤホンをしていたので、なにを言われたのか、はっきりとはわからなかったのかもしれない。

超・文芸部の部室である。

放課後。すべての授業が終わって、間もないとき。

本日はまだ、空木《うつぎ》と鵯華《ひよどりばな》のふたりきりだった。鵯華《ひよどりばな》はやがて、イヤホンを外して笑顔で尋ねてくる。

「ええっと、……なに。ごめん。もう一回言って?」

「ちゅー。いま。俺と鵯華《ひよどりばな》が」

「……やっぱ聞き間違えじゃなかったのか」

鵯華《ひよどりばな》は頬を赤らめた。

仕事か、動画の編集やらなんやらか、超・文芸部絡《がら》みか。鵯華《ひよどりばな》は行っていた作業を中断し、説教じみた言葉を並べてきた。

「あのねぇ空木《うつぎ》。そんなロマンチックさの欠片《かけら》もない、衣類でたとえればステテコみたいな言い方で、乙女心をとろけさせられるとでも思ってんの？」

「ステテコ……」

「そりゃわかる、わたしだってわかるよ。空木《うつぎ》もしょせん、性欲のかたまりである男子高校生だもんね。おまけに、彼女であるわたしはものすっごく可愛《かわい》い。……それが手の届くところにいる。空木《うつぎ》はきっと、女子が思うよりつらい日々をすごしているんでしょう。でもね、お姉さんが教えてあげるけど」

「年下じゃねぇか」

「そんなステテコパンツな言い方で、そうね、うふふ、キスしましょう、なんて応じる女の子はいないから。カタカケフウチョウって鳥知ってる？　映像観《み》たらたぶん、あぁこれか、ってなると思うんだけど。あの鳥の雄だって、雌の気を惹《ひ》くためにダンスを舞うでしょ。空木《うつぎ》も、小説を書いていくためにわたしと付き合えたからって油断せず、カタカケフウチョウばりの求愛行動を心がけて――」

「ちゅーするの嫌なのか？」

鵯華《ひよどりばな》は一拍おいて、悔しげに目をそらした。

「――………嫌では、ない……！」

空木《うつぎ》はくすりとして、椅子から腰を浮かせた。

表情をどきりと揺らす鵯華《ひよどりばな》へと問いかける。

「それに鵯華《ひよどりばな》、ひとつ思いちがいしてるんじゃないか？　俺が下心からちゅーしようと提案してると考えてるだろ」

「ちがうの？　……ってか下心じゃないキスなんて男子にあるの？」

「一昨日も話したろ。プロットのことだよ。第二のターニングポイントを境にして、作中の俺と鵯華《ひよどりばな》の感情をぐちゃぐちゃさせるのはどうかなと考えてるって」

鵯華《ひよどりばな》先生もその方向性には諸手《もろて》を挙げて賛成したはずだ。

「で、そのときのふたりの心境をイメージするにあたって、俺自身がここで似たような気持ちを味わってたほうが良《い》いと直感したんだよ。そのほうが、絶対に、プロットであっても良いものを書ける」

「……なるほど。つまり、創作のため。より良い『天才ひよどりばな先生の推しごと！』のためだと言うんだ？　わたしとここで一度ちゅーしておいて、プロット改稿のラストスパートに活《い》かしたいと。物語に叩《たた》き込むべき空木《うつぎ》の感情を、強く自覚しておきたいと……」

鵯華《ひよどりばな》が吟味するような仕草をした。

「……うん。空木《うつぎ》の、自分の感じた〝楽しい〟を物語に変換するスタイルならその意義はわかるし、……あのクソ女に負けない小説を書くためなら……ってか、そういう言い訳を用意してくれるんなら……まあ、そうね…………」

空木《うつぎ》は立ちあがって首を傾《かし》げた。

「じゃあOKということ？」

「……。藤袴《ふじばかま》たちはまだやってこない？」

「藤袴《ふじばかま》は今日、漫研がメインで、余裕があったらくるくらいだと言ってたよ。綾目《あやめ》はクラスの係で先生に頼まれたことがあるみたいで、あとではくるけど、すぐにってわけじゃない。橘《たちばな》先生は一昨日、お尻と川底でプレスしたスマホが壊れたショックで、しばらくは最低限の業務しか行わない」

「そっか。……なら、いいよ」

言ってから、その愛らしい顔をますます、かあっ、と赤くする。ただ、それでも鴨華《ひよどりばな》には微笑《ほほえ》む余裕はあった。空木《うつぎ》が目の前まで歩いていって、その瞳ににわかに緊張がにじんでもなおだ。鴨華《ひよどりばな》は椅子にちょこんと座ったまま言ってくる。

「考えたら、あはは、空木《うつぎ》からキスされるのはじめてなんじゃや――」

それをさえぎって、鴨華《ひよどりばな》の肩を両手で押さえてキスをする。

やわらかな、すこし濡《ぬ》れたような唇の感触。鴨華《ひよどりばな》がかすかに身動《みじろ》ぎし、ゆっくりと目を閉じる。鴨華《ひよどりばな》にはキスしながら空木《うつぎ》の腕をそっと撫《な》でる余力が残っていた。要するに、勘ちがいしているのだ。まさかそんなこと、と想像すらしていないのか。

一昨日の話で〝けっこう強めの〟とちゃんと言ったのに。

空木《うつぎ》は閃《ひらめ》き通りに実行する。

鴨華《ひよどりばな》の下唇を甘噛《あまが》みする。鴨華《ひよどりばな》は多少驚いたらしかった。やっと平静さが消え、その体は強張《こわば》り、ん……とかすかな吐息が漏れる。だが生意気にも、鴨華《ひよどりばな》のほうからも唇を甘噛《あまが》みし返してきた。

わたしがこの程度のキスで怯《ひる》むと思ったか、こっちが空木《うつぎ》をずっとどれだけ好きだったか見くびってるのか、と言わんばかりに。

……まだわかっていない。

空木《うつぎ》が考える展開、プロットの第三稿で加えたシーン、書ければ楽しいはずの描写とは、こういうことだ——。

鴨華《ひよどりばな》の体がびくんっとする。甘噛《あまが》みを返してきて、うっすら開いた鴨華《ひよどりばな》の唇の隙間に、空木《うつぎ》が舌を滑り込ませたのだ。

鴨華《ひよどりばな》の舌を探り当てて、自分の舌を絡《から》ませた。

空木《うつぎ》と鴨華《ひよどりばな》を包む世界の色味が、一段とあざやかになった。

一瞬で鴨華《ひよどりばな》の体温が上昇したのが伝わってくる。鴨華《ひよどりばな》の呼吸が苦しげに乱れ、鼓動は限界まで速まり、両手はそれぞれ空木《うつぎ》の腕と制服の裾をぎゅううっと掴《つか》む。

空木《うつぎ》にはなんとなくわかった。舌を絡《から》ませた一撃目と二撃目の段階ではたぶん、鴨華《ひよどりばな》は理解が追いついておらず、頭が真っ白になっただけだった。

すべては反射だった。

三撃目でようやく、鵯華《ひよどりばな》の脳は正しく認識したと思われる。

空木《うつぎ》にべろちゅーされている、と。

「……………んんんっ⁉　……んっ――」

鵯華《ひよどりばな》がちょっとじたばたしたのが証拠だ。しかし四撃目で、ひときわゆっくり舌を愛撫《あいぶ》すると、その抵抗はあっという間に消え去った。

体から、とろん、と力が抜ける。空木《うつぎ》が両手で肩を支えていなければ倒れてしまいそうですらあった。

五撃目のあとには、恍惚《こうこつ》とした吐息がはあと漏れていた。六撃目で、鵯華《ひよどりばな》はなにやらふとももをもじもじとこすり合わせはじめた。七撃目は、空木《うつぎ》からなのか鵯華《ひよどりばな》からなのかもはやわからなかった。

八撃目でキスを終えると、鵯華《ひよどりばな》は混ざった唾液の糸をすーっと宙に描きながら、のけぞって倒れていった。そのまま体をひねって、テーブルに突っ伏す。熱せられてぐにゃぐにゃのキャンディを思わせた。鵯華《ひよどりばな》はふわふわした夢のなかを漂っているかのような、かすれた声を発する。

「……空木《うつぎ》、良《い》いものを書いて……ね………」

辞世のようにうめいて、それきり、ほぼ動かなくなる。ふとももだけは相変わらずもじもじし続けていた。空木《うつぎ》もさすがに全身の血液が沸騰したような気分だった。耳許《みみもと》にまで心臓の鼓動が響いているかのよう。しかしそれでも笑った。

抜群の手応えがある。自分の感情にも、鵯華《ひよどりばな》の反応にも。

「任せろ」

そう返して元の席に戻って、再びタブレットPCに向かう。第三稿となる『天才ひよどりばな先生の推しごと！』のプロット完成まで、ほんとうにあとわずか。……第四稿は必要ない、そんな強い実感すらある——。

綾目《あやめ》が部室にやってきたのは十五分後だった。

「なんか……脚をすりすりしながら、死んでいる……？」

綾目《あやめ》はいまだテーブルに伏せる鵯華《ひよどりばな》を見て、つぶやいたのだった。

16.

空木《うつぎ》の家の、空木《うつぎ》の部屋に、真っ赤な夕陽《ゆうひ》が差し込んできている。

といっても、一年で最も陽が長い時季に入ろうとしている。時刻はとっくに、学校の下校時間をすぎている。こんな時間に鵯華《ひよどりばな》を家に誘ったのにはもちろん理由があった。

鵯華《ひよどりばな》が空木《うつぎ》のタブレットPCを――そこに書かれたものを眺めている。

「鵯華《ひよどりばな》の家にお邪魔させてもらった直後から、考えてたんだよ。鵯華《ひよどりばな》は俺に、鵯華雪子《ひよどりばなせつこ》より良《い》い小説を書かせたいと言った。だから、その疑問が頭から離れなくなった」

空木《うつぎ》はコーヒーをひと口飲んで、告げた。

「鵯華《ひよどりばな》は母親に復讐《ふくしゅう》したいと思っている。それならば、俺は鵯華《ひよどりばな》の復讐《ふくしゅう》に利用されてることになるんじゃないのか？　もっと言うと、鵯華《ひよどりばな》の復讐《ふくしゅう》を土台にして組み立てた小説は、果たして俺の小説なのか？」

空木《うつぎ》は鵯華《ひよどりばな》が反論するかとも思ったが、特になにもなかった。鵯華《ひよどりばな》はただタブレットPCの画面上に視線を走らせている。長い睫毛《まつげ》に縁取られた瞳は真剣そのものだ。

空木《うつぎ》は鵯華《ひよどりばな》のそんなまなざしを見ているだけでまた、脳にちいさな、星の瞬《また》きのようなかがやきが弾《はじ》ける気がした。

「お祖母《ばあ》ちゃんと小学生のころに約束したもの――お祖母《ばあ》ちゃんに読ませてあげたかった、だれにも邪魔されず、他人の常識や意見なんて関係なく、俺が楽しんだそのままの気持ちを描いた小説と言えるのか？　それこそが一貫して、俺が書きたいものなのに。……藤袴《ふじばかま》の言葉もあったから、思い出してしまったよ」

鵯華《ひよどりばな》がそこではじめて、ぽつりと問いかけを発した。

「――なにを？」

ただし目はタブレットPCの画面に向けられ、忙《せわ》しなく動いたままだ。

……『天才ひよどりばな先生の推しごと！』のプロット。

「お祖母《ばあ》ちゃんが亡《な》くなったときにひどく後悔したこと。もう終わったことで、だれのせいでもなく俺が間違えただけ。でも、俺は身を焼かれるような気分を味わった。自分がやりたいと思って、やろうと決めたことを、そうじゃないどうでもいいことなんかで覆《くつがえ》すべきじゃない。なにかあったときに、取り返しがつかないくらい後悔するって。だからさ、鵯華《ひよどりばな》の意図をもって、ある意味で書かされたとも言える『龍のカゴ釣り』と『天才ひよどりばな先生の推しごと！』は――」

窓の外からはクマゼミの鳴き声が無数に聞こえてくるが、そのなかに、やや気の早いツクツクボウシの声も混ざっている。

いまはまだわずかだけ。だが梅雨が明け、季節がさらに進むと、あっという間にツクツクボウシだらけになるのだろう。

これまで毎年、……去年の夏もそうだったように。

「間違いなく、絶対に、俺のものなんだ。お祖母《ばあ》ちゃんと約束した俺の小説そのもので、もしもお祖母《ばあ》ちゃんが生きていたら、喜んで真っ先に読ませられる」

話の前後がつながっていない、と感じたにちがいなかった。

鵯《ひよどり》華《ばな》が顔をあげた。空木《うつぎ》の真意を測りあぐね、小首を傾《かし》げる。

「どういうこと？　もっと説明して」

「俺は『龍のカゴ釣り』の第二稿も『天才ひよどりばな先生の推しごと！』のプロットも、どっちも楽しんで書いてたから。一気に書けたのはその証拠だよ。光が弾《はじ》けてた。お祖母《ばあ》ちゃんのために、はじめて小説を書いたときと変わらなかった」

空木《うつぎ》は笑って、続ける。

「俺はあんな後悔は二度とごめんだと思ってる。たしかに、お祖母《ばあ》ちゃんと約束したことに背くのかも、という考えもよぎってもいた。なのに、楽しかった。……それがすべてじゃないか。俺が納得して、書きたくて、楽しんで書いたものなんだ。あれだけ楽しかったのが俺の小説じゃなかったら、いったいなんなんだ」

鵯《ひよどり》華《ばな》はミネラルウォーターのグラスに口をつける。氷が動いて、かしゃん、と音を立てる。氷の隙間には、空木《うつぎ》の母が切った国産レモンの輪切りが入っている。視線はもうタブレットPCには落とさず、尋ねてきた。

「空木《うつぎ》。藤袴《ふじばかま》の部屋で目をかがやかせてから、余計に楽しそうになってたよね。創作に対する考え方がすこしは変わったの？」

「変わってない……と俺自身は思う。でも、俺が俺の〝楽しい〟を詰め込んで書きたいように書くのと、鵯《ひよどり》華《ばな》が言うみたいに……エンタメとして人を楽しませ得ることは、必ずしも両立しないわけじゃないかもというのは、藤袴《ふじばかま》の反応で感じたな」

「空木《うつぎ》。エンターテインメントにはね、人を幸せにする力があるんだよ」

鵯 華《ひよどりばな》が微笑《ほほえ》んだ。

「わたしは自分がそれに救われてきたから、確信がある。素晴らしい物語には、嫌なことを一時忘れさせて、世界を希望で彩《いろど》る無限の可能性がある。エンタメは、ホモ・サピエンスだけが生み出せる究極の芸術だよ。だから才能は洗練されるべきだし、どの物語もその究極の芸術を漸進させる一部になると思ってる……、……けど」

そこで頭をかく。

「わたしは、そんな大仰な気持ちで空木《うつぎ》と相対してるわけじゃない。わたしの部屋で話したとき、最後、なんだか微妙な顔された気がしてたんだよね……。まさかそんなふうに受け取られてるとは……。まあ、わたしの言い回しが悪かったか」

「鵯 華《ひよどりばな》?」

「わたしも内心はしゃいでたから、不用意な言い方をしちゃった。ごめん。あのね、わたしはあの人に復讐《ふくしゅう》したいわけじゃないの。むかしはたしかに、いまよりずっと強く、あのクソ女をけちょんけちょんにしてやりたいと考えてたけど――」

空木《うつぎ》と鵯 華《ひよどりばな》のあいだの陽射《ひざ》しは、泣きたくなるほど赤くて、美しい。

「そんな復讐《ふくしゅう》心は、空木《うつぎ》の小説を読んで泣いて、わたしを小説で泣かせられなかったあの人にざまあみろと思った瞬間にかなり決着してるんだ。わたしは空木《うつぎ》に、あの人に勝ってほしいと願ってて、それがわたしの人生最大の目標ではあるけど、あの人を引き合いに出すのは基準でしかない」

空木《うつぎ》はすぐにピンとはこなかった。

「基準って、どういう意味？」

「あの人の小説はエンタメとしては大変優れていて、あれを目標にして小説を書けば絶対にたくさんの人に読んでもらえるから。ある意味ではそれだけなんだよ。わたしの大好きな、空木《うつぎ》の小説を」

鴨《ひよどり》華《ばな》の姉は、奇跡、と表現した。

それは鴨華《ひよどりばな》にとって、という意味だったが、いまは空木《うつぎ》にとっても同様だ。奇跡。鴨華《ひよどりばな》にだれかからこんなにも深く、強く、濃い、全身に降りそそぐ光のような愛情をもって、自分の小説と感情を推してもらえていること――。

見つけ出されたこと。

「結局、最初に部室で言ったのがわたしの素直な気持ちなんだってば。人を幸せにしたいとかエンタメという芸術を一歩前に進めたいとか、そんなおこがましい夢でもないし、母親への復《ふく》讐《しゅう》が最優先なわけでもない。根本的にはただひとつ――わたしはわたしの大好きな作家を、できるかぎり多くの人に、布教しまくりたいだけ。わたしの空木《うつぎ》はこんなにもすごいんだぞと自慢してやりたいの」

――これから先は、俺がお祖母《ばあ》ちゃんの言うように好きに……自由になにかを楽しんだら、それを小説にして、読ませてあげる！

あのときとなんら変わらない気持ち。

そして、あのときには知らなかった感情。

世界は、その楽しさも美しさも増している。

「だから空木《うつぎ》、わたしはもっと体を張ってあげるよ。わたしという人間の全身全霊を、空木《うつぎ》の小説のために提供してあげる。わたしの能力も、精神も、肉体も、なにもかもそそいで、空木《うつぎ》が自分の書きたいものと面白さを両立できるよう努力する。欲張りな空木《うつぎ》も、どっちも楽しみたいと思ってくれたわけでしょ？」

空木《うつぎ》は満面の笑みを浮かべる。

「鵯《ひよどり》華《ばな》、覚悟決まりすぎじゃねぇ？」

「空木《うつぎ》は知らないんだね。――作品や作家の信者ってそんなもんよ？」

鵯《ひよどり》華《ばな》も笑い、テーブルの上のタブレットPCをそっと押して、空木《うつぎ》に返してきた。

「第三稿、良かったよ。お疲れ様でした。面白いと思います。超・文芸部の季刊部誌の制作もほったらかしにしてるし、今後のスケジュールは要相談だけどね、なんにせよこれで『天才ひよどりばな先生の推しごと！』本文を書きはじめられるよ――」

＊

鵯《ひよどり》 華菜花《ばななばな》は大学の昼休み、スマートフォンに、母親からものすごく長文のメッセージが届いていることに気づいた。中身を確認する前から、うっ、と怯《ひる》んだのは、先日、妹から母親に電話越しに啖呵《たんか》を切ってやったのだとうれしそうに報告されていたからだ。

妹は言っていた。

作品創りの一貫で、単なるついでではあったけど、すっきりしてることにあとで気づいたよ。ずっとクソむかついてたからね。改めて考えるとほんとなんなんだあのクソ女、ちょっと才能に恵まれたからって調子に乗りやがって。ねえお姉ちゃん、あの人絶句してたんだよ。ざまあだよね。あはは――。

とはいえ、自分まで母親からのメッセージを読まないわけにはいかない。

おそるおそるそのメッセージを読んで、最後の部分でぐったりした。

〝そういえば、どうでも良《い》い細かなことなんだけど、このあいだ千夏《ちなつ》から電話がかかってきてクソむかついた。なんなのあの馬鹿娘、ちょっと顔が可愛《かわい》く生まれて、たまたまわたしより早い年齢で作家デビューできたからって調子に乗りやがって〟

〝再来月出る新刊そっちに五十冊くらい送ってやるから絶対、千夏《ちなつ》に読ませなさい。今回特に出来が良《い》いから。なんなら新刊風呂《ぶろ》にして千夏《ちなつ》を突っ込んで？　あの子読んだら面白くて絶句するから。わたしはその様を想像して、ざまあみろと思うから〟

「あれ、鵯華《ひよどりばな》さんどしたん？」

おなじゼミの友人から声をかけられ、でっかいため息を漏らした。

「……いや、お母さんが全面的に悪いんだけどさぁ。うちの母親と妹、どっかでよく似てるから余計に衝突して、どんどん仲が悪くなっていくんだよなぁ……」

友人からは、よしよしと頭を撫《な》でられた。

＊

空木《うつぎ》は綾目《あやめ》と連れ立って向かった昼休みの学生食堂で、鵯華《ひよどりばな》を見つけた。

事前に約束していたのか。ここにきて会ったのか。わからないが、藤袴《ふじばかま》といっしょに食事をしていた。もう暑くてテラス席は厳しいので屋内席だ。

向こうは気づいておらず、こちらは気づいている。鵯華《ひよどりばな》が最初に話しかけてきたときも、こんな気分だったのだろうか。そう考えた瞬間、空木《うつぎ》はそのやり方を閃《ひらめ》いていた。

注文した食事を受け取って、綾目《あやめ》、あっち行こ、と声をかけて歩き出す。

そのころには、鵯華《ひよどりばな》たちのほうも空木《うつぎ》たちに気づいていた。鵯華《ひよどりばな》が軽く手を振ってくる。

空木《うつぎ》は鴨華《ひよどりばな》の横の席に座って、切り出した。

「鴨華《ひよどりばな》——」

約三ヶ月前、このガラス壁の向こうのテラス席にて。

鴨華《ひよどりばな》から言われた、うろ覚えの台詞《せりふ》を。

「俺と鴨華《ひよどりばな》で、この世界を揺らす。数々の天才たちをぶっ飛ばしてやる。楽な道じゃない。けど、地獄を歩み続けた先にしかない創作の深遠はある。鴨華《ひよどりばな》は興味あるか？　——俺をプロ作家デビューまで導くこと」

鴨華《ひよどりばな》は、面食らった顔をした。

だがすぐに挑むように笑った。幸せそうでもあった。

ねえ、と言ってくる。

「空木《うつぎ》、あの『天才ひよどりばな先生の推しごと！』は、無事に完成した暁にはどこか大手のライトノベルレーベルの新人賞に応募しましょう。空木《うつぎ》のやる気を出すためにも実名使いすぎたから、タイトルもふくめてフェイク入れる必要があるかもとは思うけどね」

鴨華《ひよどりばな》は鴨《かも》せいろそばを食べるのに使っていた箸を置き、語る。

「空木《うつぎ》の情緒にあふれた描写で、あのプロットの期待値通りに本文を書ければ、いい線はいくと思う——最終選考までは現実的に狙えるんじゃないかな？　空木《うつぎ》の年齢を考えれば、それだけで担当編集がつく可能性はかなり高い」

鵯華《ひよどりばな》の声音はすっかり弾んでいる。

「けど、なにもそれ一本に目標を絞る必要はないからね。前にも言ったけど、プロデビューのための選択肢はいくつもあるし、わたしは空木《うつぎ》にまず、筆力と引き出しの多彩さを身に着けておいてほしい」

空木《うつぎ》と現実的にこんなやり取りができるまでに至ったのがうれしくて仕方ない、といった様子だった。

「スケジューリングはわたしに任せて？　わたしがいろんなプランを練るから、空木《うつぎ》はそれらを吟味して、率直な意見を言ってくれていい。フックは足りないけど、第二稿の『龍のカゴ釣り』も出来自体は良《い》いから、習作として眠らせておくのはもったいない気もしてるし。……さっきの質問に答えるね」

鵯華《ひよどりばな》が、空木《うつぎ》に向かって手を差し出してきた。

「もちろんよ。それがわたしの夢だもの。……ううん、わたしたちの夢、になったのが、なによりうれしい。この三ヶ月の空木《うつぎ》を見てきて、明言できるよ。空木《うつぎ》はプロデビューできる。ほんとうに苦しいのはそのあと――……………空木《うつぎ》？」

鵯華《ひよどりばな》が訝《いぶか》しんだのは、空木《うつぎ》が差し出された手を握らないからだろう。

空木《うつぎ》の正面の席、藤袴《ふじばかま》の隣に座った綾目《あやめ》は、Ｃセットを早速食べはじめながら面白がるように唇の端をあげている。空木《うつぎ》がどういった意図でこの話をしているのか理解しているからだろう。藤袴《ふじばかま》は目をぱちくりさせて、白身魚のフライをもぐもぐしている。

空木《うつぎ》はこめかみを押さえ、大仰に首を振った。

「鴨華《ひよどりばな》……、やっぱりか。行きちがいだな」

「は？　なにが」

「実は、俺はないんだよ」

「……うん？」

「俺が新しい感情と新しい楽しさを知れたのはその通りだ。感謝してるよ。俺自身が書くことを迷いなく存分に楽しめて、それでいて鴨華《ひよどりばな》からＯＫがもらえるような小説だったら、これから先、いくらでも書きたい。その情熱は皓々《こうこう》とかがやいてる。でも、なんか……大手のレーベル？　の、新人賞を狙う？　っていうのはさ……」

「え？　あれ？　な、なに？」

空木《うつぎ》はため息をついた。

「そんなこと俺の口から言ったことは一度もないというか、承認していないというか……。どこに応募するとかどうキャリアを作っていくのかとか、鴨華《ひよどりばな》が勝手にあれこれ提案すればするほどテンションがさ……。だださがる感じで……」

「え、……ええっ⁉　い、いやいやいや、う、空木《うつぎ》？　空木《うつぎ》さん？　そうはおっしゃいますけども！　わたしはわたしなりにどういうデビュー方法が良《い》いかを考えてて、もちろん空木《うつぎ》の意見は取り入れるから、選択肢を明確にしておくのは大事でしょ――」

「そこがそもそも行きちがっているというか……、あのさ」

「はい」

「興味ない」

「なんに？」

「プロデビューに」

鵯《ひよどり》華《ばな》は愕然《がくぜん》とする。

空木《うつぎ》は悩ましく続けた。

「プロットができたときにも話した〝両立する小説〟を書くのは、楽しみだ。でもさ、それを実際に書いていくということと、プロ作家を目指すっていうことはべつの話じゃないか？　純粋な楽しさが、お金に絡《から》んでぶれそうと言いますか……」

ばちん。

鵯《ひよどり》華《ばな》の瞳の奥で火花が散って、怒りとやる気の炎が燃えあがったのがわかった。

「は、…………はあっ⁉　なっ、……うつ、……はあああああ⁉　なにわけわかんないこと言い出してんの⁉　ちょ、わたしをお金の人みたいに言わないでっつーかお金も大事だからお金ないと書きたいもの書いていくのも難しいんだから‼」

綾目《あやめ》が先に笑い声をあげはじめ、藤袴《ふじばかま》もぷっと噴き出す。

鴨華《ひよどりばな》は焦《あせ》って続けている。

「だいたい、良《い》い小説が書けたら多くの読者に見てもらいたいのは当然で、わたしは空木《うつぎ》の小説を布教したいんだって言ったし、ありとあらゆる意味でさ、いま！　この環境で！　この情熱で！　プロを目指さない選択肢なんてありえない……っていうか、はあああああっ⁉　あんたマジで言ってんの⁉　ちょっ……もう！　こんちくしょう……！　……い、一から！　一から説教してやるからよく聞けー！」

学食の注目が集まり、偶然、食事の載ったトレイを手に歩いていた橘《たちばな》が「……お金？」と、クソみたいな部分にのみ反応して、近くで立ち止まった。

空木《うつぎ》は鴨華《ひよどりばな》の表情にまた、期待と予感で胸が高鳴るのを自覚する。

空木《うつぎ》と鴨華《ひよどりばな》。

ふたりの追いかけっこは、はじまったばかり。

あとがき

本作『天才ひよどりばな先生の推しごと！』を手に取っていただき、心の底より御礼《おれい》申しあげます。

まず本作について注釈したいのですが、作中で本人も語っている通り、ヒロインである鵯《ひよどり》華《ばな》が語っている創作論はあくまで鵯華千《ひよどりばなち》夏《なつ》という個人の考えです。世の中には創作者の数だけ創作論があって当然ですし、私は三幕構成を多用するタイプではありますが、それでも私とも完全に同一なわけではありません。また、一般的な三幕構成を鵯華《ひよどりばな》なりに解釈したものであり、だれか特定の論者の、独自の考え方を踏襲したわけでもありません。物語の形に完璧な正解があるのなら、私が知りたいです。

そんなわけで本ラブコメディは創作、あるいは〝書きたいもの〟と〝書くべきもの〟のちがい、のようなものが題材になっています。

おかげで、書きながら、むかしをすこしだけ思い出しました。

私が小説賞への投稿者だったころのことです。私は幸運にも、それほど長い投稿歴があるわけではありませんが、どこに送って、どんなふうに一喜一憂したか、かなりはっきりと印象に残っているので、それだけ新鮮で熱心な日々だったのでしょう。憶《おぼ》えています。X次選考通過者に名前があることをどきどきしながら確認し、落ちたときには電撃文庫編集部を内心でめちゃくちゃ呪って、数日後に編集部から「受賞はしなかったが担当につきたい」という電話がとつぜんかかってきて、呪ってごめんと思いました。なぜうちに応募したのかと訊《き》かれて、ブギーポップと秋山瑞人《あきやまみずひと》さんがすんごい面白かったからと答えました。

いま振り返ると、作中の空木《うつぎ》の小説のように独りよがりだったものを拾ってくださった初代担当様には感謝しかありません。そしていまでも、というかむしろそのころよりもっと、どうすれば良くなるのか、なにが正しいのか、悩ましい日々です。その結果として、読んでくださった方に楽しんでいただけたら、これ以上の幸せはありません。

イラスト担当のねここぶしさん。本文を読んで描いてくださった空木《うつぎ》と鵯華《ひよどりばな》のラフが、私のイメージに一発でぴったりすぎてびっくりしました。編集部からキャラクターシートが送られる前だったのに。これを書いている段階ではほかのイラストをまだ見られていませんが、すっごく楽しみです。担当編集の近藤《こんどう》様、井澤《いざわ》様にはいつも助けられています。校閲様や、本作の発売に携わってくだったすべての方。大切な家族。

なにより、読者の皆様へ。

冒頭の繰り返しにはなりますが、まことに、ありがとうございました。

二〇二四年　七月上旬　岩田洋季《いわたひろき》

◉岩田洋季著作リスト

「灰色のアイリスⅠ〜Ⅴ」（電撃文庫）
「護くんに女神の祝福を！①〜⑫」（同）
「護くんに番外編で祝福を！①〜④」（同）
「月の盾」（同）
「めしあのいちにち①〜②」（同）
「花×華①〜⑧」（同）
「叛逆のドレッドノート①〜④」（同）
「手のひらの恋と世界の王の娘たち①〜②」（同）
「ミニチュア緒花は毒がある。」（同）
「淫らで緋色なノロイの女王」（同）
「淫らで緋色なノロイの女王：Re」（同）
「午後九時、ベランダ越しの女神先輩は僕だけのもの1〜2」（同）
「ゲーム・オブ・ヴァンパイア」（同）
「天才ひよどりばな先生の推しごと！
〜アクティブすぎる文芸部で小生意気な後輩に俺の処女作が奪われそう〜」（同）

本書に対するご意見、ご感想をお寄せください。

ファンレターあて先
〒102-8177　東京都千代田区富士見2-13-3
電撃文庫編集部
「岩田洋季先生」係
「ねこごぶし先生」係

本書は書き下ろしです。

電撃文庫

天才《てんさい》ひよどりばな先生《せんせい》の推《お》しごと！
～アクティブすぎる文芸部《ぶんげいぶ》で小生意気《こなまいき》な後輩《こうはい》に俺《おれ》の処女作《しょじょさく》が奪《うば》われそう～

岩田洋季《いわたひろき》

2024年９月10日　初版発行

発行者　山下直久
発行　株式会社KADOKAWA
〒102-8177　東京都千代田区富士見 2-13-3
0570-002-301（ナビダイヤル）
装丁者　荻窪裕司（META＋MANIERA）
印刷　株式会社暁印刷
製本　株式会社暁印刷

●お問い合わせ
https://www.kadokawa.co.jp/（「お問い合わせ」へお進みください）
※内容によっては、お答えできない場合があります。
※サポートは日本国内のみとさせていただきます。
※ Japanese text only

※定価はカバーに表示してあります。

ISBN978-4-04-915858-8　C0193　Printed in Japan

電撃文庫　https://dengekibunko.jp/

電撃文庫DIGEST　9月の新刊　発売日2024年9月10日

創約　とある魔術の禁書目録《インデックス》⑪
著／鎌池和馬　イラスト／はいむらきよたか

上条当麻は、アリスを助けるために、ただ立ち尽くしていた。しかし、彼の命という命、すべての灯火は完全に消えていた。そして、そこに降り立つ一人の女性、アンナ＝キングスフォード。しかし……ここからどうする？

魔法科高校の劣等生　夜《ヨル》の帳に闇《ヤミ》は閃く②
著／佐島 勤　イラスト／石田可奈

文弥たちの活躍でマフィア・ブラトヴァの司波達也襲撃は失敗に終わった。単純な力押しで四葉家に対抗することは難しいと悟った彼らは、同じ十師族の七草家の子女を人質に取り、利用することを目論み――。

魔女に首輪は付けられない2
著／夢見夕利　イラスト／緜

〈奪命者〉事件が解決した第六分署に、新たなる事件の捜査が命じられる。人間が魔術によって爆弾化するという事態に対し、ミゼリア亡き後、カトリーヌを相棒として捜査を開始することになったローグだが――。

新説　狼と香辛料　狼と羊皮紙XI
著／支倉凍砂　イラスト／文倉 十

帝国と教皇庁を南北に分断する要衝の調査に乗り出すコルとミューリ。選帝侯たちはこの地を治め、教会との交渉を有利に進めようとするも、そこは月を狩る熊の伝承を守る"人の世に住めぬ者たち"が暮らす地で――。

こちら、終末停滞委員会。2
著／逢縁奇演　イラスト／荻pote

正式に蒼の学園に入学した心葉たち。三大学園が集う、天空競技祭に恋兎チーム５人で挑むことに！　迎え撃つのは、巨大資本を有するＣｏｒｐｏｒａｔｉｏｎｓ。だが、水面下で恋兎の暗殺計画が進められていて――。

汝、わが騎士として2　皇女反逆編Ⅰ
著／畑リンタロウ　イラスト／火ノ

バルガ帝国の皇女ルプスの亡命を成功させたツシマ。つかの間の平和を享受する二人の元へ、帝国最強の刺客が現れる。ルプスの日常を守りたいツシマ。ツシマを失いたくないルプス。それぞれの決意が、いま試される。

これはあくまで、ままごとだから。2
著／真代屋秀晃　イラスト／千種みのり

深紅に対して本当の恋心を芽生えさせてしまった蒼一朗。そして兄妹の関係でありたいと強く望みながらも、蒼一朗を渇望してしまう深紅。そして超えてしまった一線。"嘘"と"本音"が溶け合う、禁断の第二巻。

新作 **人妻教師が教え子の女子高生にドはまりする話**
著／入間人間　イラスト／猫屋敷ぷしお

苺原樹、年齢は二十代後半。既婚者。職業は高校教師。そんな私が、10歳年下の教え子の女子高生に手を出してしまった。間違いなく裏切りで不貞で不倫で犯罪で。――なんで、こんなことになってしまったんだろう。

新作 **天才ひよどりばな先生の推しごと!～アクティブすぎる文芸部で小生意気な後輩に俺の処女作が奪われそう～**
著／岩田洋季　イラスト／ねここぶし

推した本の売上げが倍増する人気YouTuber鵯華千夏。「わたしがあんたをプロ作家デビューさせてあげる」それに、空木は笑顔でシンプルに答えた。「ぜんぜん興味ない」こうして、ふたりの追いかけっこは始まった。

新作 **はばたけ魔術世界の師弟たち！**
著／平成オワリ　イラスト／Nagu

魔界と人間界の境界に位置する魔導都市ヴィノス。大魔導師・イシュタルの弟子のひとり、ジルベルトは堕落した生活を送っていた。そこに彼の弟子を志願する少女・ラピスが現れることでジルベルトの生活は一変し!?

新作 **エイム・タップ・シンデレラ　未熟な天才ゲーマーと会社を追われた秀才コーチは世界を目指す**
著／朝海ゆうき　イラスト／あさなや

人生の優等生だった（元）ハイスペックOLの結衣と、世間に馴染めないが天才ゲーマーJKなリン。正反対なふたりは出会い――結衣の妹で日本最強選手の『魔王』凛を倒すため、FPSゲームの大会に出場することに!?

私が望んでいることはただ一つ、『楽しさ』だ。

魔女に首輪は付けられない

Can't be put collars on witches.

著 ── 夢見夕利　Illus. ── 繇

第30回
電撃小説大賞
大賞
応募総数4,467作品の
頂点！

魅力的な〈相棒《魔女》〉に
翻弄されるファンタジーアクション！

〈魔術〉が悪用されるようになった皇国で、
それに立ち向かうべく組織された〈魔術犯罪捜査局〉。
捜査官ローグは上司の命により、厄災を生み出す〈魔女〉の
ミゼリアとともに魔術の捜査をすることになり――？

電撃文庫

全話完全無料のWeb小説&コミックサイト

電撃ノベコミ+

NOVEL 完全新作からアニメ化作品のスピンオフ・異色のコラボ作品まで、作家の「書きたい」と読者の「読みたい」を繋ぐ作品を多数ラインナップ。

ここでしか読めないオリジナル作品を先行連載!

COMIC 「電撃文庫」「電撃の新文芸」から生まれた、ComicWalker掲載のコミカライズ作品をまとめてチェック。

電撃文庫&電撃の新文芸原作のコミックを掲載!

電撃ノベコミ+ 検索

最新情報は
公式Xをチェック!
@NovecomiPlus

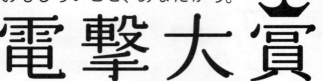